U0949647

推理女神

三个妹妹

THREE SISTERS

汪洁洋　著

中国出版集团 | 全国百佳图书
中国民主法制出版社 | 出版单位

图书在版编目（CIP）数据

三个妹妹 / 汪洁洋著. —北京：中国民主法制出版社，2018.7

ISBN 978-7-5162-1868-6

Ⅰ.①三… Ⅱ.①汪… Ⅲ.①长篇小说—中国—当代 Ⅳ.① I247.5

中国版本图书馆 CIP 数据核字（2018）第 165975 号

图书出品人 / 刘海涛
出版统筹 / 乔先彪
责任编辑 / 梁 惠 庞贺鑫
特约编辑 / 王玉怀

书名 / 三个妹妹
作者 / 汪洁洋 著

出版·发行 / 中国民主法制出版社
地址 / 北京市丰台区右安门外玉林里 7 号（100069）
电话 /（010）63292534 63057714（营销中心） 63055259（总编室）
传真 /（010）63055259
http: //www.npcpub.com
E-mail: mzfz@npcpub.com
经销 / 新华书店
开本 / 16 开 710 毫米 ×1000 毫米
印张 / 14.25
字数 / 164 千字
版本 / 2018 年 9 月第 1 版 2018 年 9 月第 1 次印刷
印刷 / 北京天宇万达印刷有限公司

书号 / ISBN 978-7-5162-1868-6
定价 / 39.80 元
出版声明 / 版权所有，侵权必究。

（如有缺页或倒装，本社负责退换）

想杀你的，是微笑看你的，因为杀机，需要隐藏。

——汪浩洋

这本书，献给我深爱的挚友、我的梦想合伙人、资深媒体人董晓小姐。

目录

CONTENTS

第一章 简婕 001

第二章 简妮 047

第三章 简娜 099

第四章 简冰 121

第五章 母亲 149

第六章 苏黎 187

第一章　简婕

1

不得不说，有些时候我无法选择。

眩晕过后，我终于从黑暗中逃离，右边肋骨却岔了气。

这很像肠胃炎初期的症状——气体在肠道各处萌生，肆意游走一番，本该从下面悄然排出，却凝在肋骨包围的腔体里，等着打嗝逆袭。

如果您是女人，还可回味月经前夜的感受，伴随恶心腹胀，刺痛从乳房边缘沿经络至腋下，“嗖”一下又蔓延到后背，但却没法指出痛点。

如果您还无法想象就赶紧作罢，这毕竟不是好事，我不认识您，这会儿也顾不上，我正自身难保呢！

我被人裹住了，手脚都无法动弹，就像一个顶端开口的粽子或鸡肉卷。但我不打算反抗，因为这种感觉既暖和又舒服。

我的脸紧贴一片柔软的所在，嘴里正含着什么物件，下意识地吮吸几下，伴随一股腥腥甜甜，某种液体顺着嗓子徐徐流下。

等眼睛缝里瞄到光亮，耳朵和鼻子都恢复知觉，我发现自己正躺在一个女人的怀里！而包裹我的是一条浅黄色的毛巾毯，上面居然还有天线宝宝的图案。和宝宝一样，我也穿着连体裤。我立刻明白咽下的是什么，赶快吐出嘴里的东西！

“怎么就不吃了？”

一个柔柔的女人声音，她把那颤巍巍的物件重新塞进我嘴里，我赶快用舌头推了出来。

“我来看看。”

一个男人靠了过来，我闻到他身上的香水味儿，原来他一直喷这个牌子。

“刚才还哭个不停，吃一口又不吃了。”

女人挺起胸脯又塞，我也横下一条心，紧闭双唇。

“算了，不勉强你，肚子饿了再吃。”女人整理好内衣，用温润的手抚摸我的额头。

“这孩子懂事，知道少喝点给别人留着。”

男人用手指戳了戳我的脸蛋，我瞪了瞪他，这个坏家伙！

女人并不介意，换左手抱我，右手轻拍我的背，一个声音带拐弯的嗝儿伴着奶酸味从我的嗓子眼儿溢出，刚才的岔气便顺了。

“他不吃，该喂我了吧？”

男人笑嘻嘻地搂住女人的肩膀，女人笑吟吟地把我妥帖地放下，双手捧住他的脸，嘴唇就贴了上去。我睁开眼，正好看到这幅情景，赶忙又闭上。

阿弥陀佛，上帝保佑，阿门！

“还是等他睡了吧。”女人挣脱男人，“在孩子面前，毕竟不好……”

“没事，他才多大呀！”男人撒娇，“我可等不及啦，咱们已经多久没见面了？”女人掰手指头：“从我怀孕7个月到现在，大半年了。”

“那你说我还能等吗？”男人边说边吻，女人不再拒绝。

完了，白来一趟！

我暗自烦恼，接下来如果观看现场表演，我的小心脏肯定受不了，还是先走为妙吧！

“你说这么小的孩子能听懂大人说话吗？我怎么感觉他在瞪我！”

“他当然要瞪你了，出来约会还带着他。”

“不是，他刚才的眼神，真的很奇怪。”

“潇潇，我是多么爱你，这么久没见，我快疯了，别折磨我了！”

这个叫潇潇的女人瞬间被情话催眠，重新抱住男人，用头发蹭着他的下巴：“肯定是我多心了，我也很想你，很爱你……”

看来这次真的白跑了，刚燃起的小希望像蜡烛一样“噗嗤”被吹灭，我叹了一口气。

“听见了没？他在叹气呢！”

女人再次推开男人，凑到我身边：“宝宝，是你在叹气吗，你为什么叹气呀？”

也不知道哪来的勇气，趁她直视我的脸，我抓住机会张口说道：“冯潇潇，有一天……”

2

从黑暗中逃回来，我满嘴奶味。桌上的咖啡还热，我赶紧抿了一口——腥，还是腥！

虽然只有短短几分钟，但我必须提前回来，这样的场合怎么久留呢，看久了别说眼睛受不了，心脏也受不了啊！

身旁的沙发上，一个男人双眼紧闭，睡得深沉，我又闻到了他的香水味儿，就是这个牌子。珍儿想替我叫醒他，算了，让他再睡一会儿吧，我便起身刷牙。

乌云低垂，雷声滚滚，维珍港开始下雨了。

我喜欢下雨，这个世界上有点小情小调的女人，哪个不喜欢偶尔下点雨，跟着流点泪呢？

在我的办公室，整个海港壮丽的景色尽收眼底，是赏雨最佳的地点。

可我喜欢的是小雨，丝丝滑滑，特供给淑女赏玩，却绝不是眼前这粗暴的壮汉光景——

窗外，天空和海水已浑浊一体，豆大的雨粒复仇一般密集地砸向我的落地窗，闪电也来助兴，其中一条恰好击中不远处的大厦，楼顶的避雷针释放出刺眼的火花。

珍儿知道我怕打雷，不准我站在窗边。白昼如夜，办公室的灯光已自动调节，书桌上镶着彩色马赛克的台灯、墙边的陶瓷镂空中式落地灯和角落里的各处夜灯缓缓亮起，给脚下的阿拉伯手工地毯染上一层橙色的光晕来。

我厌恶白色灯光，当年那件事情之后，从昏迷中醒来，一睁眼看到的就是头顶白晃晃的无影灯……

办公室是我自己设计的，和我这个学数学的相得益彰，色彩碰撞，线条律动，装饰极简，外人唯一不解的是，这里除了电话机，再也找不到任何电子产品，尤其是现代人爱不释手的电脑。

我厌恶电脑，因为有一次，我的眼睛俯视笔记本电脑触摸区的那块小镜面时，看到自己的眼角堆满了令人绝望的鱼尾纹，暴露出我极力隐藏在化妆品下面，日渐老态龙钟的真实模样，从此我就憎恨物体崭亮的表面。

其实，我厌恶和害怕的远不止这些，严重的幽闭空间恐惧和极度的洁癖，都只是我强迫症的一小部分。事实上，一切吵闹，不和谐、不对称、不整洁都让我心烦意乱，而且隔一段时间，我就会在名单上新增莫名其妙的项目。

再看我的办公室，位于维珍港景观最好的高档写字楼里，我大笔一挥，买下整层，开了这家事务所。不过事务所没有指示牌，大楼指引里也没有标注，电话簿里更是找不到，我雇了珍儿这一位助手，只有这样的宽敞和安宁才让我放松。

有珍儿就够了，我的生活十分简单，她能帮我打理好一切。

此刻，我一边喝着珍儿替我现磨的黑咖啡，一边端详眼前还在昏睡的男人——他已经看不出平日的潇洒，眼窝深陷，胡子拉碴，十几天前，刚失去了最爱的女人。

现在，这位老同学，需要我的帮助。

3

等洛冬的眼皮子跳了几下，我便推了推他，训道："你这个鬼崽子，怎么把我带到那里去啦？"

"抱歉啊，也不知道怎么了，我的脑海里突然就出现了这一幕。"

"故意邀请我看现场直播，你不是暴露狂吧？"

洛冬满脸通红，把男女隐私展现给外人，的确难为情！不过好在我们是老同学，我也没告诉他我刚才经历的细节，不然他会更加无地自容，我也少不了尴尬。

其实呀，我根本就没怪他——看来这件事洛冬果然记忆深刻。不过，哪个人会轻易放过打趣老同学的机会呢，于是我丢了一个珍儿新烤的咖啡纸杯蛋糕给他，继续糗他："这么饥渴呀，还带着孩子约会？"

唉，洛冬是真的叹气："没办法，那个男人盯得太紧，带着孩子我们才能见上一面……"

"你们既然这么相爱，为什么不离婚在一起呢？"珍儿插话。

沉默片刻，洛冬才把脸从双手做成的临时掩体里抬起，轻声道："是因为责任感——懦弱的是我，我爱潇潇，爱得可以放弃我的生命。但我却没勇气离婚，我有很多顾虑，不想辜负妻子，更放不下孩子……"

"混账话！"珍儿狠狠白了洛冬一眼，腮帮子鼓得像只小河豚。

我宽容地看看珍儿，用眼神示意洛冬不要介意。毕竟是老同学了，我倒能理解他，虽然洛冬夫人我见过，请允许我在这里叹息——那是个甚至不需浪费笔墨去形容的家庭主妇。而洛冬面对的，就是那个老得渣子都不剩的人类难题，在红颜知己和糟糠之妻中间，究竟该如何选择和了断。

当然，最后洛冬做了选择，冯潇潇也做了了断……

"这次行吗？"洛冬把话题扯回来。

"有点儿悬。"

我实话实说，因为刚讲完那句话我就"跑"了，后面发生的事儿我一概不知道。

也是啊，一个吃奶的婴儿忽然讲出完整的句子，不是吓死人吗！不过这能怪我嘛，都是洛冬带的"路"，烂摊子也只能由他自己收拾了——

"后面的事情你记得吧？"我把手指插进头发，给还没全干的头皮透透气。

"她当时吓傻了！"洛冬用舌头舔舔嘴唇上的蛋糕屑，细心地把包装纸放进垃圾桶，"因为我没听见，就说肯定是幻觉，她想想也是，最后不了了之。"

珍儿这时候用眼神提醒我注意时间，我笑着站了起来，这次不行，还得安排下一次。不过如此亲密的肌肤接触，对我和洛冬的情人——冯潇潇来说也许是好事。

洛冬难掩失望，但还是握住我的手："心肝儿苏黎姐姐，今天辛苦你了，但愿我们下次成功！"

"一定会成功。"

送走洛冬，我走上露台，一个人对着维珍港吹海风。

大雨转瞬即逝，天空已然澄澈，海港恢复了平和宁静。

一只嘴角带鹅黄色线条的雏鸟扑腾了好几下，我以为它要跌落摔死，谁知道却在危急时刻抓住露台的扶手，用力一蹬，再次飞回海面。

死了也好，重新托生去。活着也罢，且活且修行。

我右侧后背又开始隐隐作痛，恶心漾了上来，珍儿扶住我的胳膊：“苏老师，您脸色难看，赶快休息一下吧！”

4

没错，刚才发生的一切都是真实的。

我不是穿越剧导演，不靠写科幻小说谋生。20年前的我也不敢相信，世上真有如此玄妙的力量——我能帮助其他人，唤回死去的灵魂，指引他们重生。

不过心无敬畏的人是难以理解的，因为他们是偏执的怀疑论者。

怀疑，是隐藏无知最好的手段。

用人类已知的语言解释我的力量非常困难，但我们又必须让客人听明白。还好有珍儿这位出色的助手，她比我说得清楚：人的确有灵魂，灵魂独立于肉体存在。

不过灵魂只能住在鲜活的肉体里，一旦器官濒死，灵魂就会慌乱，需要尽快寻找新的肉体依附；如果找不到，只能委身于空气中，最后能量耗尽，完全消散。

这个时候，如果有外力指引，帮助灵魂找到新的肉体，就可以使其重生。

而我就是指引人，指引的过程我称之为“唤回”。

世上有没有鬼我真说不清，但客人经常请我解释灵魂和鬼之间的区别。

唤回灵魂的仪式并不复杂，不同于神婆驱鬼，经常要杀鸡宰羊，装模作样弄得血腥恐怖，灵魂喜欢简洁的做派——我就坐在一间安静的房间里，渐渐入定后把灵魂带回人间。

不过问题来了，如何让陌生的灵魂乖乖地跟我这位“指引人”走呢？

灵魂可不会随随便便听人召唤，它们很任性，只会跟约定好的人走。

所以我必须先催眠委托人，进入委托人的回忆，在某些特定场合，“化身”为第三人，取得被唤回人的信任，说服他或她的灵魂在临死前一刻“跟我走”。

每次珍儿说到这里，客户的嘴已经合不上了。

这时我就会踱着步子，捧着我的骨瓷咖啡杯重新出场：“对不起，我要补充一点。”说到这里我总会高高昂起头，用下巴尖对着客户，清清嗓子说道，“我只能唤回灵魂，不能修复肉体。想看疑难杂症，治疗各种绝症的不要来找我，因为肉体的衰老不可逆转，这是宇宙中残酷的事实。我也不能改变历史，比如我无法告诉你今晚双色球的中奖号码，被唤回人还是会在特定的时间死去，因为我不是上帝。”

珍儿这时候配合默契，会用极其崇拜的眼神望着我，直到我心满意足地扮完式样，背影再次飘回自己的办公室，才满脸带笑地继续为客人解释——

而且，也不是所有死去的人都能被唤回，比如莎士比亚——

为什么？因为这个世界上可能已经不存在“真正”爱他的人，这种爱不是口头上的缅怀，礼节上的爱戴，更不是欣赏和崇拜，而是发自内心的渴求！

这种渴求一般来自于父母、爱人、子女和兄弟姊妹，是血亲和姻亲的最亲密层级。换句话，只有至亲才能唤回死者的“灵魂”，我们也只接受这类唤回请求。

死的确是可悲的，因为除了活人的心里，他们已无处生存。

所以与其说是苏老师唤回了灵魂，不如说是世上的爱和留恋，让死去的灵魂得以安放……

“没有肉体，唤回灵魂还有什么用呢？”

这样无礼的问题，我是最懒于回答的，不仅懒于回答，还想跳上桌子骂人摔东西！还好有珍儿，在我每次濒临发怒的边缘，礼节性地把客人带离我的视线。

“有什么用？这些浅薄、愚蠢的家伙！”

我颤巍巍地拉开抽屉，掏出香烟，点上一支放在烟灰缸里，趴在桌上一次又一次深呼吸，直到稀薄的烟雾飘进鼻腔，内心的激动才平复一些。

每一个尝过永失吾爱滋味的人，都会自己找到答案。

比如我——不过我已经答应珍儿，每周五不能因痛失孩子而哭泣，因为身体总要歇一歇。

我日夜为之痛哭的是我的女儿，唯唯，20 年前死去了。

劝我的人很多，孩子只是父母人生的一部分，不是全部，穿白衣骑白马，失去了就是无缘，要学会放下。更多的人是非议我矫情，天底下没了孩子的人多了，痛苦是肯定的，但像我这样夜夜流泪的却没几个。

我懒于争辩，也无话可说，因为我和别人不一样。

别人的孩子死于意外或疾病，我的孩子却是我杀的！

我杀的……

是我——

把她从十层楼高的露台扔下去，眼见她如同一只还没长齐翅膀的雏鸟，坠落在地面之后，鲜红飞溅……

5

不可否认，灵魂唤回很像江湖骗子的把戏，现实中也不乏怀疑者，网络上的争论更激烈，好在我从不上网，远离了烦扰。

我懒于解释，因为解释没有用。

我曾经反复告诉警察，告诉我能遇见的每一个人，是我杀了唯唯！

是我，这个残酷的禽兽，亲手杀死自己的女儿……

我苦苦哀求他们把我关进监狱，送上电椅，让我不再苟延残喘地活下去，可除了让医生给我打针，他们就是不信我的话！

我只好拉住每一个人的手，死盯着他们的眼睛，不准对方把视线移开，然后一遍一遍给他们讲这个故事——

相信我，我没有失忆，因为就算小蚊子都有记忆！

小的时候，我到山里玩耍。

那是夏天的傍晚，茂密的草丛中，有不知名的小路，弯弯曲曲伸进树林。我一个人走在小路上，这时候，出现了很多小蚊子，它们嗡嗡嗡，不厌其烦地嗡嗡嗡，没头没尾地嗡嗡嗡，围着我的身体打转转，特意在我的眼皮前晃悠，甚至还往我的鼻孔和嘴里钻。

我腾出一只手，左右挥舞着，想赶走它们。

可是，它们就是这么死缠烂打，不管我怎么赶，还是一群一群围着我。

于是，我开始跑，想甩掉它们，我撒丫子跑啊跑啊，累得气喘吁吁，可是一停住，它们不知从哪里冒出来，立刻又把我包围了。

这时候我气急了，我本来不想伤你们，天堂有路你们不走，地狱无门你们闯进来，那就不要怪我不客气啦！

说时迟那时快，我抬起右手，照着脸颊狠狠一拍，只听“啪”的一声，我展开手掌，里面赫然趴着一只已经“再见了”的小蚊子。

我举着这只倒霉蛋儿的尸体，在树林里发出得意的笑声。

你猜怎么着？

从这一刻起，竟然再没有一只小蚊子围着我了，刚才还嗡嗡嗡的蚊子部队转眼影儿都没有了！

一只也没有！

你说说，小蚊子是不是都有记忆？

那我难道不如一只小蚊子吗？所以请相信我，我记得清清楚楚，唯唯是我杀的……

可惜，这个故事我讲得不够精彩，因为每个听过的人，不是摇头就是叹息，有的人的确在点头，可我从他的眼神里看出他并不相信，还有的女人背过身去抹眼泪。

他们是在故意折磨我，不准我死得痛快！

不仅如此，他们还编造出另一个版本，把我囚禁在一个空荡荡的地方，按住我的肩膀，把我绑在床上，轮流在我的耳朵边大喊，就是想让我相信，唯唯的死是个意外。

终于，我放弃了，假装接受他们的说法，并且不再提起唯唯，他们才饶过我，停止给我打针吃药，让我离开那里。

只是这 20 年来，我每晚几乎只做一个梦，那就是唯唯坠楼——这是个缓慢而又真切的分镜头剧本：从她的双脚脱离露台的支撑，脸上瞬间出现的恐惧，肌肉紧绷挤压骨头的“吱吱”声，到她展开双臂，眼神里逐渐恢复平静，最后沉闷地落地一击，搞不清血从哪里喷出来一股，其他从鼻孔和嘴巴渗出……

等唯唯最终咽气，我就会在痛苦中清醒，感觉眼泪从我这张令人憎恨的脸上流了下来。

这是魔鬼的眼泪，不值得怜悯。

6

我不接生客，对熟客也百般挑剔，多年来，被任性的我拒在门外的不计其数。最后我嫌烦，把客人筛选的活儿全部交给珍儿，乐得清闲。

珍儿每次见我对客户发飙，只能私下再去安抚，偶尔也劝我多点耐心，毕竟客户是上帝，咱们是收了高昂费用的。

珍儿就是聪慧，她找到了怀疑论者乐于接受的所谓“科学术语”，耐心地解释——

电脑控制技术和人脑研究飞速发展，借助脑电波，一个人的思想可以复制或转移到他人的大脑或电脑上，甚至可以暂时控制对方的大脑。

苏老师的脑电波能跨越时空，借助委托人的大脑，与被唤回人的大脑形成共鸣，等到被唤回人肉体濒临死亡时，再次通过脑电波的发射和接收，指引被唤回人的脑电波进入指定的大脑——某个新生儿的大脑中，因为新生儿的脑部很容易侵入。

所谓灵魂，就是脑电波。

所以，苏老师不是异类，她只是走在了科技的前列。

谢谢珍儿用“科技”包装了我，她讲得对，难怪冥想初期我经常眩晕，原来是脑电波达到了峰值。

对了，忘记正式向您介绍，我叫苏黎，48 岁，曾就读于维珍大学数学系，一直没有正当职业，除了年轻时和一个倾慕我容貌，我又仰慕其才华的男人谈了半场恋爱，一生只开了这家事务所。

这个男人就是唯唯的父亲。为什么叫半场恋爱呢？因为这是无疾而终的感情，所以只能算半场——我被他抛弃了。

不过这都是过去式，也属于我的隐私，我从来不怕别人笑话，你们有什么资格笑话我？我吃了你们的没有？拿了你们的没有？碍了你们的事没有？都没有，好了，那你们早点散，洗洗睡。

可我自己为什么会旧事重提呢？因为正是这次经历，才让我有了现在的“能力”——灵魂唤回的能力不是天生的，是机缘之下后天习得的。

无法准确说出世界上还有多少人能唤回灵魂，有历史记录的据说有几百个，现在活着的大概有七八个。在维珍港，除了我，还有一个。

这些人生活在社会的边缘地带，绝大多数被当成疯子，其他的被称为骗子。而我，是为数不多的幸运者，因为成功地帮助维珍港首富唤回了他母亲，得以在主流社会立足。

可我幸运吗？

一个亲手杀死自己女儿的女人，还能幸运吗？

7

太阳一下子从乌云中跳出，我从黑暗走进光明。

进入冥想的最初几秒会恶心和心悸，但很快，就被吸入麻醉剂般的畅快取代。珍儿说我偶尔会抽搐，手舞足蹈，不过并没有胡言乱语。毕竟这么多年过去了，我已经能逐渐控制自己的力量，并娴熟使用。

还没等眼睛适应周围的环境，我已经感觉到了紧身衣和丝袜的束缚。

我很久没穿紧身衣了，那还是和唯唯的父亲谈恋爱的日子，我会穿上各种性感的紧身衣，拉低一点，腋窝往中间夹紧，挤出乳沟，食指衔在唇上，眼睛半睁不睁的，用上睫毛看他，再若无其事地离开他的视线，几分钟之后又回来。这样反复晃悠几遍，他就会突然把我抓住，雨点一样的吻印在紧身衣下面的皮肤上。

可惜，我现在只能穿宽松的衣服。棉或麻的布料，缀几枝几叶，请维珍港最好的裁缝做成宽松的袍子，恨不得从上到下罩住曾经春光烂漫的躯体，顺便把我的灵魂也隐藏在内。

不过此刻，我身上的这件衣服实在太紧了，而且还有一条叫我无语的丁字裤，紧紧地勒在那条沟里。老天爷！我从来不穿丁字裤，如果非要我把一根绳子卡在沟里，不如勒在我的脖子上。

等我闻到了身上微弱的香水味道，看到自己有一双颀长白皙的手时，又欢快起来，这次是女人！我喜欢扮女人，得心应手一些。

在一个有着圆顶的狭小空间里，身边的人都坐着，我和另一位美女共同推着一辆小车，身体微微摇晃。

我在飞机上。

“我要鸡肉的。”一位尖嘴猴腮有点倒三角眼的女士推了推我，“没听到吗？我都说了几次了，我要鸡肉的！”

“不好意思，给您。”

我的对面，一位穿深蓝色制服的女孩儿，围着紫色的围裙，赶快递了一个餐盒给这位乘客，还使了个眼色给我：“你怎么啦？”

哦，我知道，我必须快速适应自己的新身份，因为这次我是一名空姐，低头看了看名牌，在高耸的胸部上面，“克里斯蒂娜”随着呼吸起伏。

一秒钟我就爱上了这个身体，我毕竟到了一定岁数，下垂和松弛不可避免，而这个身体，鲜嫩又充满弹力，就像刚打下来的笋尖。

我甚至感知到了自己灵魂的贪婪，她在不知廉耻地哀求，苏黎，占有这个肉体吧，咱们不要还给她……

卑鄙的灵魂！

想起此行目的，我赶快停止胡思乱想，一边分餐盒，一边环顾四周寻找洛冬和冯潇潇。

我已经进入了洛冬的记忆，他们肯定就在不远处。果然，在靠窗的位置，洛冬穿了件黑色外套，戴着墨镜，身边坐着之前给我喂过奶的女人。

“房间里戴墨镜，不是瞎子就是傻子！”心里数落着这个蠢家伙，让我想起了维珍港的老话。

说实话，这次我一点也不急着回去——反正在飞机里他们也跑不掉，而且我从小就是制服控，难得当上空姐，这次就趁机多玩一会儿吧！

更重要的是，飞机上不是讲话的好地方，我首先要保证被唤回人不过度恐慌，这是对我的考验。毕竟一个陌生人忽然讲出那样的话，的确够惊人的！

好玩！

我心情大好，餐盒也发得起劲，甚至想要哼起歌来。

8

把餐盒递给冯潇潇时，我仔细端详她，上次没敢细看，这次发觉她果然气质出众。美没有固定格式，特别是气质，一万种女人有一万种不同。同为女人，我品女人可不纠结于是否眉眼精致，是否大胸翘臀，我看的是精气神，是向上的清新，还是向下的浑浊。

通过精神风貌，基本上可以洞穿所有女人的心思。

说起精气神，就必须说珍儿，芭蕾舞专业毕业的女孩儿，挺拔上扬，神采奕奕，气场是轻盈的。站街的女人，也有看似特别漂亮的，但那眼神那举止，气场就是污浊的。

我没有歧视的意思，但这就是灵魂和鬼魂的区别。

冯潇潇和珍儿的气质很像，听说她是维珍港电台女主播，有着性感的声音，洛冬就是先被她的声音催眠，再爱上她的人。

想起上次有幸品尝了她的乳汁，很是尴尬，慌乱中我打翻了手中的托盘。好在"克里斯蒂娜"人缘很好，机组人员对她都很善意。我不敢再造次，更不敢到处乱碰，这是在飞机上，从天上掉下来可不得了！

我已经很久没做一个受欢迎的女人了，多年来我深居简出，几乎没有朋友，更没有男人，左立，还算吗？

左立。

为什么我会在此刻想到他？

我提醒自己不能再走神，更不能忘记此行的目的，正想找机会再靠近冯潇潇时，飞机突然开始剧烈地颠簸起来！

机上广播开始，机长提醒乘客系上安全带，空乘人员也回到座位上。

飞机被一片灰蒙蒙的乌云包围，颠簸越来越厉害，像过山车一般，透过舷窗，能清晰看到闪电就在机翼上方肢解，飞机如同汪洋里的一片树叶，随时会被撕裂和吞噬。

这次颠簸看来不寻常，连我身边的乘务长都表情严肃，再一次剧烈颠簸，机舱里开始有乘客尖叫，我抬起屁股，看到洛冬和冯潇潇紧贴着椅背，两个人的头靠在一起，双手交叠拥抱。

难怪他会带我到这个场景里！

此处危险，我正犹豫要不要回去，猛然间，一股巨大的推力把我按压在椅背上，飞机突然急速下降，失重！这只大鸟就像坐上雪橇一样，沿着一条陡峭的斜坡快速下滑。与此同时，氧气面罩弹落。

我的耳边被各种尖叫包围，连空姐都开始哭泣。强大的失重让我心脏凝固，安全带把我牢牢地绑在椅子上，可我的身体却追赶不上椅子下降的速度，安全带把肚子勒得生疼！

空难！这是空难啊！

已经完全忘记来这里做什么，我正和一群陌生人徘徊在生死边缘。

不知时间想要凝固在哪里，时空扭曲反转过后，把我们抛出黑洞！

不久，飞机的下降速度变缓，慢慢地恢复平稳，经过一个平稳期，飞机离开了乌云区域，窗外又变得蔚蓝，飞机不断拉高，再拉高……

我和乘务长站在舱门与乘客道别，惊魂未定的乘客，有的在谩骂航空公司，有的脸上还挂着眼泪，更多的是面色惨白，一言不发。我知道这是最后的机会了。

洛冬和冯潇潇拖着箱子走过来，我鼓起勇气，微笑着拦住他们——

"冯潇潇，如果有一天，我喊你的名字，一定要跟我走！"

"你说什么？"

看着她错愕的表情，我只好硬着头皮再讲一次："有一天，我喊你的名字，一定要跟我走！"

"您是在和我说话吗？"

我忙点头，看到洛冬也是惊讶的表情，心里暗笑。我握住冯潇潇的手臂："请相信我，是你爱的人要我来帮你！"

可能是对美丽的空姐没有敌意，也可能被我眼睛里的真诚打动，还可能刚刚经历了空难，冯潇潇还以微笑，"好，我记住了，你喊我的时候，我会跟你走。毕竟，今天已经经历了生死，我还有什么地方不敢去呢？"

9

醒来的时候，鼻子里已经储存了浓郁的百合花香味，一下子就吸入肺里，这是洛冬带来的。他说香水百合是我最爱的花，我不想更正，我从来就没喜欢过这种傻而硕大的花朵，味道又浓烈呛人，这怎么会是我的格调？

男人经历的女人多了，经常张冠李戴，弄巧成拙。

读书时，洛冬也潦草地追求过我，现在想想，连个玩笑都不算。

知道这次“成功”了，老同学醒来也没急着走，除了和我闲聊，他还想知道更多唤回细节。

我一般不向委托人叙述我的所见所闻，理由很简单，复述起来很累，解释起来更累，我也不希望看到他们的隐私被别人窥视后的尴尬和惊慌。

但洛冬是我同学，而且有时候我也会好奇，我没头没脑地丢下一句话后就跑了，可是后来呢？我走后究竟发生了什么呢？

不过我也猜得八九不离十，被唤回人肯定目瞪口呆，留下可怜的委托人收拾残局。

“吵了一架，是我挑的头。”洛冬承认，“我不停逼问她，哪个爱她的人要带她走。”

“醋坛子腌黄瓜。”我站起来原地伸懒腰，“你现在知道了吧，这个人就是你自己！”

“这是一次成功的接触，被唤回人已经答应跟苏老师走，接下来可以进入最后的唤回阶段了。”珍儿插话。

“不是要冥想三次吗？”洛冬问。

“谁说的呀？”珍儿又给中年大叔解释，其实与被唤回人的灵魂接触是没有次数规定的，苏老师会综合考虑效果，一般不超过三次。

至于为什么是三次，珍儿笑了，那还得问问任性的苏老师！

我也苦笑，本人喜欢三、七和九这几个数字，再无他因。

不过一次就成功的例子也比比皆是，我给洛冬举例，之前有一位老妇人要唤回死去的丈夫，只说了几句话被唤回人就答应跟我走，不过我们约定好，必须要在唤回时喊他的乳名——阿万。

那是一次奇妙的唤回，因为被唤回人对我一见钟情。

那次我化身的是女警，回到了 70 年代的维珍港，在热闹狭小的渔市，勇敢青年阿万抓住了一个小偷。当我偷偷"邀请"英雄某一天跟我走时，他差点当场就跟我走了。

几十年后老妇人告诉我，阿万后来坦白，他爱上过一位美丽的女警，但他还是和妻子携手度过一生。只不过，我留在了他的记忆深处，鼓励他一辈子做个好人，最后我还成功唤回了他的灵魂，算是皆大欢喜的结局。

"这种经历还真充满温情！"

珍儿感叹，可洛冬并不满意，嘟囔着："这毕竟是小概率事件吧，我觉得还是三次靠谱！"

我不理他，假装忙前忙后，洛冬追着我撒娇："好姐姐，帮忙帮到底，这件事对我太重要了，咱还是妥妥地再来一次，行不？"

"冯潇潇都已经答应了，还费那个劲干吗？"珍儿拦着。

"那我就不走了，我赖在这儿！"

我见洛冬真的四仰八叉歪在我的沙发上，哭笑不得之际，瞥见那一大束百合，冯潇潇的样子浮现眼前，只好拍了拍他的肩膀："哥们，行，再来一次！"

10

眼前还是珍儿道别的笑脸，洛冬临睡前硬要握住我的手，等他沉沉睡去我也闭上眼睛，不久便入定。等我离开黑暗，猛睁开眼睛，发现双脚正走着。

我又走在一条狭长的走廊上，头顶的白炽灯有点闪动，眩晕和心悸立刻重新涌来，我说过我对白色灯光过敏。

痒，在脚趾缝里，奇痒钻心，我能感觉自己的两个脚趾正在一双大靴子里来回蹭着，真巴不得脱下鞋立刻抠一抠！

脚气！

呜呼哀哉！虽然出身名门，但不妨碍我得过这种常见却不好启齿的小毛病。不过说来有趣，我一直觉得苔藓像植物里的脚气，可能因为都长在潮湿的地方，痒起来也是成片成片的。

我闻到身上浓重的汗味，听到自己的喘息，我戴着口罩，我是个男人。

我又推着车子往前走，洛冬同学又让我推着车子往前走！

好吧，我无可奈何，这次肯定不是空姐，因为只有我一人推车，低头看了看手中的推车，只吓得差点咬下舌头！

这是一张医院里推病人用的推车，在一块大白布下面，依稀露出人体的轮廓，头，脚——

我！在！推！死！人！

我得承认，我差点吓死过去！

虽然每天在和“死人”打交道，但我怕尸体，怕得要命，怕得马上就要一起死过去！

在一条长长的走廊里，我推着不知道是哪位的尸体，穿着不合脚的大靴子和白大褂，孤零零地走着。我真想把推车赶紧丢掉，但手掌却好像镶了磁铁，扶手反倒越抓越紧。

我不敢去看尸体，他或她正仰面躺着，如果他现在坐起来，双手可以立刻插进我的胸口，掏出我的心脏。

我真后悔自己平时喜欢看恐怖片，现在好了，各种毛骨悚然的画面，这个时候统统派上了用场！

就在这工夫，身后一阵小风溜过，我的骨头都酥透了。

我怎么敢回头，后面是什么情况谁知道啊？！

也许后面的情景更可怕，一大群僵尸正在我身后扑棱棱地蹦跶，只等我回头，我根本不敢继续联想，可我又这么善于联想，感觉头皮马上就要炸开了。

我想马上“回去”，可却回不去，很难解释，就好像惯性，因为我到这个时空才只有几秒钟，我无法马上离开。

真是进退两难呀！

除了一块小小的口罩我再无掩体，只好拼命吸气让自己冷静，生唯唯宫缩那会儿我也这样吸气，助产护士说这样氧气多会放松，但此时浓重的消毒水味道让我加倍慌张，“死人”的气味进入身体更是恐怖！

我知道洛冬和冯潇潇就在不远处，前方就是一道门，咬紧牙关，苏黎，坚持到底！

此时，我真想掐死洛冬，但还是不能怪他。因为比起开心幸福，恐怖和悲伤更容易让人记忆深刻，这是在人类形成的早期，大脑对死亡威胁的一种应对。

有科学家研究过，全球数十亿人每天都在做梦，噩梦与回忆密切关联，可以归结为 12 类：遭到追击、受伤、遇险、丢失重要物品、考试、高空坠落、出丑、迟到、电话断线、灾难、迷路和死人。

现在大家知道，为什么我总会出现在这类回忆现场的原因了——

我忍不住叹气，看来真要退休，这份工作太伤神，做不下去啦！

终于捱到走廊尽头，眼前的门“呼”地被扯开，来自人间的嘈杂和气味扑面而来，此刻感觉是那么的心旷神怡，哭声也立刻入耳。

“请家属节哀，冯潇潇女士的遗体告别仪式就要开始了。”

音箱里传来一阵低沉的男声，司仪朝我示意。我环顾四周，黑压压地站着很多人。

我秒懂，这里是灵堂，我是尸体搬运工！

洛冬！我心里这个骂呀，冯潇潇已经死了，我根本无法和她交流，你还带我到这里干什么？我必须得回去了，回去马上和你算账！

我正想进入冥想状态，从原路返回，灵堂里却骚动起来，一个男人从人群中冲了出来，直奔我，不是，是冲尸体而来。

我一眼就认出来——正是洛冬，没刮胡子的洛冬。他就要扑到尸体的一瞬间，我赶快把推车扯了过来。

“你干什么！”一个男人上前几步，拦住尸体，我看过照片，这是冯潇潇的老公。

“请出去！”一位满头白发的老者下令，家属模样的几个男人架起洛冬往外拖。洛冬没有反抗，任由人摆布。司仪递了个眼神给乐队，哀乐立刻响起，好像一切都没有发生。

我忽然怜悯起这位老同学来，你指望他像电影里那样歇斯底里是不可能的，今天的行为已经打破了他的极限，他出身维珍港的书香门第，如今事业有成。今天能冲向尸体，已是他全部的勇气。

我也怜悯起冯潇潇的老公，自己的妻子为了别的男人放弃家庭、孩子甚至生命。这个男人的条件并不比洛冬差，我也看得出他还爱冯潇潇，至少给了她一个体面的葬礼。

我又想起左立，如果我是现在手推车上的女人，他能为我做什么？

冯潇潇是自杀，在自家卧室割腕，这样的屋子还怎么住人呢？

死也不为别人考虑，不知怎么，我竟然恨起这个女人，更怜悯那个我曾经替他吃奶的孩子。

而我自己呢，还不是同样可恨至极？！

醒来后我没有数落洛冬，只是向他保证我一定可以唤回冯潇潇，洛冬不能再坚持，只是眼神无助又哀怨。

11

我理解爱之深沉，在洛冬郑重的嘱托下，我终于开始唤回——为了入定之后不呕吐不排泄，提前两天我就禁食，还喝蓖麻油清洗了肠胃。

慢慢地，轻轻地，“我”离开维珍港的写字楼，从露台腾空，飘荡着，去往那片荒芜之地。

此刻我的感受与人临死前的感受惊人相似：首先，一阵奇怪的声音飘然而至，好像风笛，顺着声音，我能清楚感觉到灵魂与肉体脱离，自己成为一片羽毛。我在肉体中不停出入，直到我能站在体外看着自己的躯壳。我已经丧失了对时间的感受，我想与人诉说，但没人能听到我的声音。

这一切只有短短一瞬，接下来，我被神秘力量强行拉入黑暗的空间，一个真空的饼状物，掠过颗粒质感的边缘地带，这股力量迫使我朝某一方向前行。

和之前进入洛冬的记忆不同，这次前方没有光亮，一片死寂，我只能被动地到达一个难以描述的异域。

洛冬没有看到冯潇潇去世的现场，所以不能把我带回到她濒死的最后时刻。我只能到灵魂消散之前最后汇集的“荒芜之地”找她，失去肉体的灵魂在能量耗尽之前，最后聚集在这里。

这里既是灵魂的临终关怀所，也相当于灵魂的坟场。

失去肉体的灵魂也有寿命，有的历经百年不肯散去，有的只有短短几天。

不过已经有了“约定”的灵魂会尽量在此徘徊，等待指引人兑现承诺，带他们重回人间。这些灵魂是幸运的，因为有了重生的机会。

我还记得自己第一次到这片荒芜之地的情景，虽然我把肉体留在处于赤道地区的海岛港口——温暖的维珍港，但我的灵魂，也被这里的绝望和压抑感染，有彻骨的寒冷和恐惧。

我知道，眼前的黑暗就是灵魂，一层一层，没有空隙，无边无际。它们紧紧包裹着我，与我“耳鬓厮磨”，试探地和我的眼光进行交流，胆怯地询问自己是不是我要唤回的名字，痛苦地渴求我召唤自己回到人间。

我真希望自己是救世主，可以帮助到每一个灵魂，可惜，我的力量微乎其微，幸运儿实在太少了。

带着一丝歉意和无可奈何，我在灵魂之海穿梭游走，同时呼唤：“冯潇潇，听到了吗？请跟我走！”

我一遍一遍地重复，尽量让这召唤传得远一点，再远一点。

不久，传来沙沙的声响，很细微……

12

和在手术室外待产的心情一样，洛冬早就坐立不安，看我出来，一把扯住我就开始结巴：“怎么，怎么样了？”

“唤回了。”我就像刚接生完的产科医生，假装擦了一把汗水，笑望他道：“15：35 分出生，是个女孩儿，在维珍港牧谷医院的产房。”

洛冬不知所措地搓着手，由于紧张过度不停打冷战，我都听到他的牙齿咯吱作响。

“去吧，到了牧谷医院找夏院长，珍儿会帮你安排。”

“可我怎么知道是她？”洛冬好不容易平静下来，这是每个人都会问的问题。

“你和她之间，一定有专属于你们的秘密。”这也是我一贯的回答。

我最后还是决定破例陪洛冬一起去牧谷医院，我对老同学必须礼遇，因为读书时我们就是很好的玩伴。

这是一个刚出生的婴儿，夏院长站在我们旁边，透过玻璃窗和我们一起看她。

夏敏，也就是夏院长，事实上，她也具有和我相同的能力。她就是维珍港另外一个指引人，我们唤回的灵魂，都安排在她的医院出生。

我的确没什么朋友，不管同性还是异性。

从小到大，因为父亲的原因，我被过度保护，玩伴只是几个被精心选择的虚伪政客家或商人家里，秉性傲慢却又善于伪装的孩子。洛冬勉强还算正常，儿时的他总是沉默不语地坐在我身旁，没完没了地玩迷宫。大学时我迷上了左立，毅然决然地为他生下唯唯，更无心再交友。

我偶尔会和夏院长聚聚，一起逛街喝咖啡，算是好朋友。

夏敏比我小两岁，一直独身。维珍港的很多人都在纳闷，容貌气质这么卓绝，追求者数不胜数的女人为什么不肯结婚生子？只有我知道个中缘由——她也是20年前忽然拥有召回灵魂的能力，也是在一场巨大的变故之后，和我一样失去了最重要的亲人——她的爱人。

那是维珍港被海啸吞噬的夜晚，在医学院读博士的她与爱人，在转危为安之后又齐心协力去救一位挂在树枝上的老人，结果他在她的面前，消失在黑暗的海水里。

在清迈佛寺静修的日子我们结识，也一起被幸运地选中，拥有了灵魂唤回的能力。回到维珍港后，我们遵守承诺帮助需要帮助的人，夏敏更是成为了既能抚慰灵魂，又可以修复肉体的医生。

当然，每分每秒，我们都想要唤回自己的挚爱，我们反复进入对方的回忆，在挚爱死亡的现场，甚至特意到了荒芜之地一遍遍呐喊，但不管试多少次，最后都以失败告终……

这真是残酷至极！

而且更残酷的是，每一次唤回，都是对这些可怕经历的重温。

我反复带着夏敏回到唯唯坠楼的那个露台，让她和我一起眼看瘦小的女儿被亲生母亲摔死。我也不得不随着青年时代，还梳着一条马尾辫的医学院女博士，亲眼看着爱人脚下的树枝折断，而这根树枝，就是因为夏敏不慎踩了上去……

我的灵魂无数次沉入海底，试图托起那个男孩儿的身躯，夏敏也希望用自己的灵魂作为唯唯落地的缓冲，可是，这一切都是痴人说梦。

每次失败之后，我们都会相对无语，最后各说一句结尾：

“我真希望能砍断双手……”

“我真希望能砍掉双脚……”

13

“那个！”

夏敏院长为洛冬指引婴儿，在我们鼓励的目光下，洛冬走近这个还是粉紫色的新生儿，小婴儿的身体也在微微颤抖。

“潇潇，是你吗？”

洛冬靠近婴儿，轻轻呼唤，他不敢用力呼吸，好像面对的是价值连城的珍宝。可那个婴儿，紧闭双眼，毫无反应。

洛冬焦急地望向我，我明白这种处境，这对双方都很难。谁让洛冬是我的老同学呢，还是我来吧！

我慢慢蹲下，直到可以看清婴儿透明皮肤下的丝丝血管，才轻声说道："冯潇潇，你好，谢谢你跟我回来！"婴儿的嘴角果然动了一下，洛冬猛地冲了上来。

"解释起来很难，但欢迎你回到人间，你可以睁开眼睛了。"我的话音刚落，婴儿就把眼睛睁开，洛冬发出一声惊呼。

这是天使才有的眼睛，洛冬认出来了，此刻婴儿的眼睛，是她的。

"是你吗？"男人喜极而泣，小婴儿"哦"了一声，举起手，洛冬轻握住这只柔嫩的小手，放在自己的掌心，如同握住全世界。

"失去你是我最大的痛苦，你为什么那么傻！就算今生我们有缘无分，你也应该好好活下去。我费尽力气请苏黎唤回你，就是想祈求你的原谅……那天我孩子的妈妈跑去告诉你，她又怀孕了，其实是骗你的，为什么你就要相信，以为我会背叛你？"

婴儿皱了一下眉头，夏院长看看我，指指手表，我扶住洛冬的肩膀道："你们聊吧，不过 72 小时之后她就会失去之前的记忆，等一下她的家人就要过来了，你们还有 30 分钟。"

把洛冬一个人留在育婴房，珍儿在外面等候，我到夏敏的办公室喝咖啡，30 分钟不知不觉就过去了。

"想说的话都说完了吗？"

"3 天之后，她真的就什么都不记得了吗？"洛冬垂头丧气地出现在我们身边。

"完全不记得。"我知道这样很残忍，但还是如实回答。

"然后她的灵魂会去哪里？"

"隐藏在肉体深处，与这副肉体本来的灵魂一起感受生老病死，喜怒哀乐，相当于再活一次。等到上一世寿命终结的日子，就会彻底灰飞烟灭，无法再次被唤回了。”

“那就是说她的灵魂只有这一次机会，同样只能活 32 岁吗？”

洛冬几乎是号啕大哭，哽咽之间又好似在劝说自己：“这样也好，32+32=64，总好过 32……”

我不知道还能怎么安慰老同学，能做的只有这么说：“其实你也要放下，死亡是永恒主题，谁也无法逃脱。这世上有太多死亡来得猝不及防，亲人来不及道别才迫切地要唤回对方的灵魂，你和冯潇潇如今心结已解，她再次拥有 32 年的人间体验，你也得好好生活！”

我们又走进育婴房，小婴儿已经睡着，但也是满脸泪痕。替她擦去泪水，我又想起唯唯。

“苏黎，我不会打扰她的生活，在我有生之年，以陌生人的身份在角落里注视她，我会资助她和她的家人，等我死了，把遗产全部留给她，行吗？”

我还能怎样，只好点头叹气。

这样的情形，我虽然看得多了，可每次也无法忍心拒绝。

14

我可不是追求上进之人，得过且过是我的信条，如果能争气一点，我也不会过上这么稀里糊涂的人生。

父亲的六个子女中，我排行第三，没有长子的压力，也可以不用承担起家庭的责任。智慧并不遗传，父亲养了一群白眼狼，愚蠢，挥霍，冷酷，也包括我。可我们出身富贵之家，稳居上流社会，连我都认为老天爷不开眼。

当父亲打定主意一辈子养活这个最懒散的女儿时，我又没能让他如愿。

洛冬的委托做完后，我给珍儿放了假。珍儿的父母逼她相亲，电话打个没完，女孩子半推半就赴约去了，我也打算去岛的东海岸旅行。

维珍港进入台风季节，倾盆大雨落地生烟，一波接一波，竟像跟谁在赌气，轮渡和直升机都停运了，我的行程也被迫取消。

雨势正猛，我披着毯子缩在办公室，百无聊赖，除了喝咖啡看书睡觉，再也没什么消遣。

浑浊的海水拍打堤岸，吞没了海面上巨大的岛屿。不远处赌场旁边的豪华酒店霓虹闪耀，勉强刺穿雨雾，恍惚间竟也有一丝惨淡。

这景象令我烦闷，偌大的事务所只有我一人，四周寂静冷清，甚至能听到自己的心跳，这时候我有点后悔丢弃了所有滴滴叭叭乱吵乱叫的电子产品，搞得事务所寂静得就像荒芜之地。

我趴在窗子向下张望，马路上偶尔有呼啸驶过的汽车，楼下便利店里人影绰绰。

肚子饿了，办公室里却只剩咖啡，纸杯蛋糕已消灭殆尽，我也不会点外卖。咖啡越喝越饿，我想起写字楼大堂有一个餐吧，偶尔我会在那里将就一下，虽淡而无味，纯属果腹，可我本来吃得就不多，一块蛋糕点缀一颗樱桃足矣。近来我更加没有胃口，珍儿说我又瘦了一圈。

就裹这条毯子吧，我趿拉着便鞋，刚走出电梯进大堂，就看到CLOSED的小牌子，台风来临餐吧竟然也不肯营业。

在大厅踟蹰了半天，向大堂管家借了把雨伞，趁雨势已小，我提起裙角，走进雨里。

我说过，自己喜欢下雨。傍晚时分在雨里漫步无比惬意，心情立刻清亮起来。

没有目的地，我尽量放空大脑，把决定权交给脚丫，不知不觉就走了几个街区，眼前出现了一家不起眼的排档，门口还是那几株棕榈。

其实这正是我想来的地方，这家外表平常的档口，除了本地老饕知晓外，观光客绝对不会造访。可就是这个不起眼的小店，海鲜锅却是我的最爱。

这是一家几十年的老字号，现在的老板娘是创始人的孙媳妇。今天店里人不多，几个男人占据了电视机下面的桌子，一边看球赛，一边热火朝天吃得欢实。凉爽的天气没必要打开空调，不过头顶的风扇还在吱呀打转，卷来雨水的湿润，沁人心脾。

避开别人的视线，找个窗边的位置，清秀的老板娘朝我一笑，我默契点头。很快海鲜锅就上了桌，火在下面点了起来，香味立刻就来了。

肚子这份闹腾啊，胃肠就要跳出来自己往里塞东西了，我只好用手指敲着饮料杯的边缘转移注意力，一边偷偷咽着口水。等老板娘终于帮我掀开锅盖，一大锅真材实料的海鲜出现在眼前。

这真是一场盛宴！

烧热的石锅洒上大粒海盐，小洋葱细丝和鱿鱼卷垫底，开了口的扇贝、贻贝、海螺层层叠叠，上面一层又是饱满的白海虾、琵琶虾、小生蚝和野生鲍鱼，最上面是用来点缀和调味的香茅和细姜丝。老板娘熟练地拿起秘制酱料碟，小米椒加蒜末配酱油汁，我赶快用餐巾遮住自己，随着“刺啦”一声，绝美的酱料滑进海鲜锅底，浓香四溢。

我端起甘蔗汁喝了一口润润嘴，筷子夹起一只贻贝放在口里，汁汁水水顿时爆裂，美味一下子蔓延开……

美绝了！美醉啦！

我正享受极品美味，正好有个球队进了球，我也忍不住叫了声“好”，那桌的一个男人闻声回头张望，目光相碰，我一下子就认出了他。

那男人放下筷子，走了过来，我只好站了起来。

“怎么这么巧？”

“是啊，真巧。”我有点紧张，咽下口里正嚼着的鲍鱼。

“一个人吗？”

这不是明摆着嘛！那男人也发觉多此一问，尴尬笑笑：“没想到你还会到这里。”

“哦。”

“我是和朋友一起来的，他们是外地人，如果想吃维珍港本地菜，没有哪里比这里更合适了，晚上我还会带他们到赌场转转，毕竟想体验维珍港的生活，没有哪里比赌场更合适。”

我是这段话的原作者，没想到他还记得。那男人看我露出浅笑，也立刻欣喜起来。

“苏黎，我们有多少年没见了，你好吗？”

“20 年，很好。”

“你还是这样美，这样优雅。”对方恭维我，我只好说“谢谢”。

火舔着锅底，老板娘来帮我加汤汁，借这个机会，我终止了这场谈话，他也知趣地说道，我不打扰你了，朋友在那里，希望我们还能再见。

我把椅子转了过来，背对那张桌子，一个人继续品味美食，不知怎么的，海鲜锅因为加了心事，味道也变得怪异起来。

我听到身后传来的欢声笑语，维珍港警察署何念警长和朋友正在推杯换盏。但我却清晰感受到他的目光，就如同唯唯死去那天我们的第一次见面，在我的背上不断地烧灼。

拾起餐巾擦擦嘴角，把饭钱和小费放在桌上，我便快步离开。

15

从海鲜档一出门，我就一路狂奔起来，顾不上雨水和稀泥飙到脸上，直到气喘吁吁再也跑不动，眼角余光确定没人跟来，我才站住。这时发现自己仓皇逃窜连雨伞都忘记带了，雨渐疾，干脆就去不远处的赌场躲雨吧！

这里必须郑重声明，我可不是个赌徒，只是偶尔为之的玩家。

在老虎机、21 点和德州扑克上花几百维珍币还算不上赌博，只是一个孤独女人偶尔消磨时光的赌戏而已。

在维珍港，博彩业是合法的。维珍港虽然只有弹丸大小，前总督是一位老者，这位总督深受维珍港人民的爱戴，在他的带领下，维珍港快速发展成为国际化自由贸易港，也成为世界金融和经济中心。虽然银行林立，世界 500 强纷纷在此建立总部和分支机构，维珍港最著名的依然是博彩，以及由此衍生出的旅游业。

前总督先生本身就是一位职业玩家，他从来不避讳自己对赌戏研究的痴迷，作为国际上著名的数学家和博弈论大师，他可以轻而易举地计算出任一种赌戏庄闲双方的输赢概率，也是很多新赌戏的设计师。

不过，维珍港以赌场著名，烂赌徒也很出名，至少有一半本地人依附赌场生存。

有赌就有毒品、色情和暴力，这里枪支泛滥，但维珍港又是全世界治安最好的地区之一，能够做到两者统一真是对统治者智慧的考验，外人都评价正是由于我们的前总督善于用博弈论管理国家，维珍港才得以长治久安。

我也喜欢赌场，这肯定是受到父亲的影响。可我更喜欢赌场精心营造的氛围，从门口衣冠楚楚的迎宾和戴着黑超墨镜的保安开始；走进宽敞的大厅，赌场的每一个角落都大气奢华，灯光恰到好处，地毯软绒绒的，各种游戏机五光十色，发出诱人的声音；免费畅饮的咖啡、可乐，时刻供应的美食和鸡尾酒，还有各种秀场。

在赌场，我反而感觉安全、舒适和自在。

事实上，赌场是文明的社交场合，拖鞋和背心不被允许，言行不恰当也不被允许。不想玩的时候，我就会坐在中央吧台看表演，这些女孩儿个个身怀绝技，一跃就可以跳上高高的钢管，做出各种超出想象的高难度体操动作。

珍儿还是搞不懂这些有什么特殊魔力，其实我还有个小秘密——

赌场有严格的安检，必须携带证件，因为法律规定 18 岁以下的未成年人不能进入。这里的保安可不讲任何道理，我就被拦下来几次。我说看我的样子肯定有 18 岁了吧，对方就会表情严肃地说，不行，小姐，我认为您还不满 18 岁，请出示身份 ID 卡！

对于女人来说，这样的训斥是异常甜美的。

恢复年轻的感觉，让人如痴如醉。

16

虽然维珍港赌场云集，前总督先生酷爱赌戏，却还是不能坐在赌桌前和一群玩家厮混，除非我这个做女儿的哭闹撒娇，他才会顺水推舟答应下来。

我总是纳闷父亲在哪里满足他的“赌瘾”，因为我几乎看不到他参与任何赌戏。但旁人都说总督府庞大的地下室里有一间豪华赌场，各种赌戏一应俱全，政要巨贾会和父亲在里面消磨时光——不过我一直怀疑这个地方的存在，因为直到我离开家，我也没有在迷宫一样庞大的总督府找到这方“人间天堂”。

总督光顾对于任何一家赌场都是至高荣耀，父亲会带着幕僚和随从，装扮成视察的模样，在赌场里面煞有其事地指点一番，最后，怀抱任性的女儿，坐上 21 点牌桌。但也最多玩几局，父亲就必须离开，走之前他都会留下数额不菲的小费给荷官，并且不带走一个筹码。

第二天，报纸上会出现父亲的特写照片，但背景却是模糊的，因为赌场不准任何人拍照，我的脸也被打了马赛克，因为赌场不准18岁以下人士进入。只是这一切规矩在敬爱的总督这里统统不生效了，父亲只要给出慈爱的笑容，任何人都会忌妒至极，痛恨自己没有这样的父亲。

在他的盛名之下，多年来，我在维珍港的所有赌场都得到了极度的礼遇，以至于很长一段时间我都渴望躲避赌场的过度热情，真正享受博弈带给我的乐趣。

父亲在政坛隐退之后，不知从哪一天开始，我上了博彩业黑名单。

因为我的另一个身份。

在这份全球赌场之间流通的名单上，我的身份是具有威胁性的算牌者，因为深得父亲真传，我也是概率论和博弈论高手，赌戏研究专家，维珍大学数学系高材生。

在父亲身边时，衣食无忧，我也懒得算牌，最多检查一下自己的大脑是否生锈。左立抛弃我和唯唯之后，我坚决不要父亲资助，丧失了生活来源，那段时间只能靠算牌糊口——这样才上了黑名单。

不过还是碍于父亲的情面，赌场对我依旧敞开大门，任我赢点生活费糊口，但个别赌场也会礼节性地提醒，我只能玩老虎机和轮盘，不欢迎我大肆赢钱。

其实，这么多年来，我与父亲之间也在进行着无休止的博弈，我们彼此揣摩对方的出招，潜意识里又在寻找纳什均衡。

但这样选择的结果又常常印证了纳什均衡的悖论，我和父亲都试图做出的最优选择，却没有导致最佳的结果。

唯唯的死就是这个悖论的佐证。

把我们都擅长的博弈论用在父女关系上，倒真是一件悲哀和讽刺的事情。

17

21点牌桌前空出一个位置，在一群陌生人中间我坐了下来，左右两位男士都对我致意，还有两个闲晃悠的男人端着可乐站在我身后观战。

丢给荷官一枚大额筹码，他麻利地给我换成小额筹码，我开始下注。

我没动脑子算牌，今天的手气不好，围在我身边的男人很快散去，不一会儿，筹码输得差不多，把最后两枚丢给荷官作为小费，我起身离座。

在休息区拿了一杯咖啡，我在赌场里到处溜达，一会儿看看德州扑克，一会儿到华人聚集的百家乐前凑凑热闹。

一个熟悉的身影出现在我的眼前——那不是我妹妹，苏夜吗？

我是黎明，她就是黑夜。

苏夜是那种只需一眼便终生难忘的女人。曾经有位男士在电梯里惊鸿一瞥，十几年后偶遇，依然激动地向她表白。

我们的母亲是维珍港著名的电影明星，遗传给我们的容貌当然出众，但我说过，女人不能只看长相，要看气度。我们接受过最好的教育，知道如何假装举止优雅，谈吐无瑕，但苏夜性格洒脱豪爽，性感大方，比我更加魅力四射。

她是天体物理研究学者，和我一样，也是受了父亲爱好的影响。

除了赌戏，父亲最钟爱的就是天文学。

总督府虽然找不到传说中的秘密赌场，但屋顶的小型天文台可是我们最喜欢光顾的地方之一。黎明和黑夜，都是看星星的好时机，父亲常常一个人在天文望远镜下远眺夜空，我和苏夜陪在身边，我在做数字游戏，苏夜在看宇宙膨胀理论。

如今已是三个孩子母亲的苏夜还是风情万种，戴着两个硕大的耳环，穿了一件利落的小夹克外套配黑色紧身铅笔裤，浓密的头发高傲地挽起，露出饱满的额头。点睛之笔是淑女必备的丝巾，暗紫色有金属链条图案的丝巾从脖子垂下扎在腰间，形成一件别致的小衫。

此刻她正撅着小屁股，趴在德州扑克赌桌旁边，和几个男人说笑。站这么远我都能看到，她的脸因为兴奋闪着光彩，肤色红润。

我走到她身后，铆足全身力气，咬紧牙关，狠狠地一拍她的肩膀，把她吓了一大跳！

“姐，是你呀，吓死我啦！”

“死了吗，不是还有气嘛？”

“总这么吓人，我早晚会死。”

“你可潇洒了，又背着妹夫出来 HAPPY！”

“哪有？”苏夜又用男女通吃的撒娇手段对付我，“夏伟业整天忙得跟狗一样，哪有时间管我呢，他不理我，我也不理他！”

“你就嘚瑟吧，小心被他抓个正着！”我故意没好气地说道。

姐妹说话间，我想起当初苏夜出嫁的情景——我牵着蹒跚学步的唯唯，不敢出现在父母眼前，只好躲在家门不远处，送出精心准备的寒酸礼物。

我的妹夫是一位成功商人，名字叫夏伟业，他是左立的同学，因为有这层渊源，算是我们的介绍人。

苏夜招呼牌桌上的男人介绍道：“这是我姐姐，苏黎小姐。”众人说幸会，我挥手，“你们玩吧，我不多打扰。”

临别时我扯过苏夜：“你一个人在外面疯，这么一群臭男人，你要保护好自己……”

“我知道啦，我又不是小孩子，这样的地方不适合你，早点回家，我会给你打电话的。”说罢轻抚我的肩膀。

18

苏夜会不会给我打电话，我压根不会在意，更不会等她的电话。我和苏夜是父亲珍爱的两个女儿，父亲对男孩儿比较严苛，只溺爱女孩儿。他不止一次告诉身边人，我们就是他的两颗眼球。

我们接受的启蒙教育就是博弈论，父亲会站在宽敞的客厅中间，怀抱着我们喜欢的礼物，召唤我们玩游戏，石头剪子布三岁之后就不玩了，我们玩得最多的是猜人和选数游戏。

父亲会说："孩子们，给你们10次提问机会，猜出我心里所想的这个人名。"

这个游戏只要运用提问技巧，通过问题设置，把人物筛选出来不难，没几次我们就不屑再玩了。直到父亲把提问次数下降为5次，又总是想出一些冷门人物，我们才偶尔挑战一下。

父亲又说："女孩儿们，请从1到100之间选一个数字，如果这个数字你猜中了，礼物就是你的，没有猜中，我就会把礼物捐给福利院。"通常我们有5次机会，随着年龄的增加，选择的机会降为4次，不过不管我们是否选中，父亲最后还是给了我们礼物。

从1到100，这个游戏一猜即中的概率很小，只有1%，为了降低难度，父亲在我们每轮猜错之后都会告诉我们猜得太高还是太低。

这个游戏我们百玩不厌，看似简单的游戏其实却是一场真正的博弈，我们的对手不是数字，而是写下这个数字的博弈论大师——我们的父亲苏总督。

要想在游戏中击败父亲非常困难，我们必须充分考虑到他可能会采取的策略和布下的陷阱，而父亲对我们的性格了如指掌，他又可以准确推断出我们可能采取的策略，再次诱导我们走向错误的方向。

当然，平日做游戏的时候，父亲不会把博弈的技巧运用到极致，我们不是他的敌人，这只是亲子活动的一部分。而且我和苏夜对父亲的小心思也了如指掌，溺爱的他希望我们把礼物全部高兴地赢走。

可是，我清楚记得最后一次玩这个游戏的情景，我已经怀了唯唯，父亲找到我。

“你就甘心这样过一辈子吗？带着你肚子里的孩子回家吧！”

“我不，我要等左立，这是我们的孩子，我要和他一起养大。”

“可他失踪这么久，这个懦弱的男人退缩了，只有你还在傻乎乎地守着！”

“他会回来的。”

“那好吧。”来不及染发，头上已有星星点点斑白的父亲哀怨地望着我，“我们再玩一次猜数字游戏吧，5 次机会，这次的赌注是你的孩子，我赢了，你就带她搬回来，你赢了，我就允许你们自生自灭。”

我点头，父亲背过身在纸上写下一个数字，折好放在身边。

“47。”我说，父亲摇摇头，“低了。”

“76。”我说，父亲摇摇头，“低了。”

“90。”我说，父亲依然摇摇头，“低了。”

我娴熟地使用着技巧，第 1 轮我应该猜 50，这个“二分位数字”是最理想的策略，将数字区间二等分并选择中间数，可以帮助我把数字尽快锁定。

如果低了，第 2 轮我就应该猜 75，这又是一个“二分位数字”，继续低，第 3 轮就猜 88，还低，第 4 轮就是 94，如果还低，第 5 轮就交给运气了，我会在 95、96、97、98、99、100 中间蒙一个，此时，我的胜算在六分之一。

这是理论模型，但是不要忘记，我的对手是父亲，站在他的立场上，他会尽量回避恰好在二分位上的数字，不然就会被我轻易猜中，而我也不想浪费一猜即中的可能，所以，每一轮报数都在“二分位数字”附近浮动。

“96。”我说，这是第 4 轮，我看看父亲的脸，他依然摇摇头，“低了。”

“不会这么简单吧！”

我耻笑父亲，我的心里已经有底了，这个游戏我们父女之间玩了太多次了，今天，父亲选择的一定是个特殊数字——100，因为他一定猜测到我会回避特殊数字，就故意出其不意，其实这也是博弈的技巧。

因为他实在不希望自己深爱的女儿怀着一个没有名分的孩子，独自流落在外，今天的赌局，他比我更输不起！

不过也有一种可能，他猜出我会这样揣摩他的心思，将数字改成另外几个。我说过这是一场博弈，每个人出招之前务必要考虑到对方可能的反应，这样看来，97、98、99 也有可能，概率对于我还是四分之一，我依然没有必胜的把握。

但我还是站了起来，来到父亲的身边，拉住他的手，紧盯着他的眼睛，缓缓地问：“在说最后这个数字之前，我想问您，父亲，您爱我吗？”

父亲毫不犹豫地回答：“我当然爱你，胜过爱我的生命。”

“您觉得什么是爱？”

政治家父亲沉默了，我知道这个问题对平日的他来说太容易了，他可以长篇大论来一场声情并茂的演讲，但他现在无言以对，因为我是他的女儿，这个问题戳进他的心里。

“那您知道真爱对人生的价值吗？没有左立，我活着也是行尸走肉。如果你一定要一具躯体，我会还给您，但请同时为我准备好坟墓。”

不等他回答，我拥抱住父亲：“好吧，还是先说我的答案吧——99。”我坚定地望着父亲，挺着我的大肚皮，“这意味着我和左立，还有我们的孩子，一定会天长地久！”

“猜对了，你可以走了……”父亲虚弱地瘫坐在沙发上。

“我能看看那张纸吗？”

父亲如同被颈椎病折磨般痛苦地摇头：“没有必要，你已经赢了，我只能说，祝你好运，我的女儿……”

19

半小时之前我就感觉有人跟踪我，这是维珍港的大型食品连锁超市，世界各地的食物在这里几乎都能买到。

我喜欢吃一种野樱桃酱，酸酸甜甜，小时候母亲也会做。我固执地只认一个牌子，这个味道最接近母亲的手艺，维珍港也只有这里才有。

我很少出门，不喜欢开车，我害怕狭小的空间，更怕一个人去地下停车场。我经常来这个食品超市，我喜欢这里宽敞的大厅，一排排整洁的货架和五彩缤纷的盒子罐子，我更喜欢长时间流连在新鲜的蔬菜和水果周围，不被人打扰，精心挑选。

超市今天有很多本地产的小萝卜，就用农夫编的草篮子装着，摆放在一个显眼的位置，红皮子绿缨子，可爱得像一群婴儿，我一颗接一颗选着，今晚可以用珍儿给我的，她母亲做的西瓜豆瓣酱蘸着生吃。

我的心情特别好，甚至哼起了小曲，我又把鲜艳欲滴的草莓、蓝莓、提子和桃子放在购物车里，樱桃酱、黑啤、三文鱼、奶酪、泡菜饼一股脑地丢进去，各种香软的面包和健康零食也不放过。

我正充分享受大采购的满足，竟忘记了刚才有人跟踪我——可能是父亲，这么多年，他一直派人在我身边晃荡，不用去理睬！

看着满满一推车的食品我才想起来，自己没有开车，等下可要拎很远一段路才能找到的士，不过那也没办法，我是不会把这些好吃的再放回货架上的。

我正盘算着晚餐怎么搭配这些食材，收银员小姐向我问好，等价格都打好，一摸皮包我傻眼了。

钱包不见了！

这可是尴尬的事情呀，这么多人在排队，我只好退到旁边，掏出手机拨给珍儿，才发现手机竟然也不见了！

我这个疯婆子究竟把脑子放在哪里了？！

是丢了还是忘带了，正责怪自己粗心，紧跟在我身后的一位女士走了过来："需要帮忙吗？"

"不，谢谢！"我习惯性拒绝了，我是这样的性格，不喜欢麻烦别人，更不可能接受陌生人的帮忙。但是一想到要和这些小萝卜道别，竟也有一丝迟疑。

"这种情况谁都会碰到，我也曾忘记带钱包。"女人好看地一笑，"如果不介意，我可以替您付款，您回家把钱转到我的卡上就好了。"

这女人身上淡淡的香味让我感觉亲切，不知怎么的我竟然接受了她的帮助，记下她的卡号。

"再见，祝您有个好心情！"

"您的心情更好！"

买单时的小插曲转眼就忘记了，拎着两个大袋子走出超市大门，午后依然刺眼的阳光炙烤着大地，我站在的士搭乘点，队伍弯弯曲曲，车子却稀稀拉拉，我也不免焦躁起来。

几分钟之后，一辆白色的豪华小车停在我的旁边，车窗摇下来，是刚才那位帮我付款的女士，她把太阳镜架在头顶："要不要搭车，我送您一程？"

我赶快笑笑道："太麻烦，不用了。"

“没关系的，我现在正好也没事。”

我有些动心，但犹豫了一下还是拒绝。

“那好，再见，祝您有个好心情！”那女人不再勉强，车子便绝尘而去。

20

除了数字，我对其他事物都不敏感。身为政治家的女儿，我对政治也绝缘。

维珍港并不风平浪静，反抗大航海时代入侵的殖民统治的运动由来已久，年轻一辈的维珍港人迫切希望殖民者滚出自己的土地。

等街上又聚集了浩浩荡荡的游行队伍，我也借机偷懒，预约全部取消，除了在露台上看看热闹就是蒙头大睡，珍儿几次跳到床上硬拉我起来，不然我真会睡到下午去。

“苏老师，这样不行，这是亚健康状态，睡多了并不好！”

“不好就算了，大不了死了。”我扯过被子，往头上一蒙。

“干吗这样活着呢？”珍儿把窗帘猛地扯开，“我不指望您像我一样每天早早起床看书，锻炼身体，结交朋友，但您不能自暴自弃吧！”

“你这口吻倒像教育孩子。”我翻了个身，用枕头盖住眼睛。

“您不就像个孩子嘛，总让我操心！”

“我老了，你还年轻，不能和你比了。”我继续任性。

珍儿打开窗子，海风呼地吹了进来：“苏老师，看看镜子里的您，说您 30 岁很多人相信，人生路还长着呢，我也许还没您活得长。”

“年轻有什么好？也就是上街游游行，瞎闹腾罢了。”

“上街怎么了？您的思想可 out 了，作为维珍港人，我们对这个国家有一份责任，有国才有家。殖民统治这么多年，殖民者挖空心思地掠夺我们的资源和财富，该让他们离开了！”

“维珍港现在难道不好吗？”

珍儿明知道我是前总督的女儿，在我面前还是鲜明地表达自己的政治观点，摆明欺负我不关心政治。

“尊严无价！”珍儿一板一眼地坚定回答。

算啦，我了解珍儿小姐的脾气，我如果不起床，她是会各种唠叨没完没了的。懒洋洋地从床上爬起来，趿拉上拖鞋，看到珍儿已帮我把牙膏挤在牙刷上，早餐也摆在桌上。

“看来我得给你加薪水了。”

“又加？”珍儿边整理床铺边说道，“只要您能学会照顾好自己，让我少操点心，不加薪水我也愿意。”

“你对你母亲是不是也这样唠叨啊？”我一边刷牙一边逗珍儿。

“当然了，我整天就为你们两个长不大的孩子操心！”

一股暖流涌上心头，这个善良的女孩把我比作母亲，正为我忙前忙后，我又想起了唯唯，如果珍儿是唯唯多好！一边偷偷叹息我一边暗下决心，即使不是，我也一定要好好对待珍儿。

吃完早餐，开始工作，难得我会乖乖坐在办公桌前，都是因为珍儿早上的一席话。电话突然响了起来，珍儿接了起来。

“不好意思。”我的助手皱眉，“简小姐，您的委托我们暂时不予接受。”

对方好像是个女人，讲了半天，珍儿把头摇得像拨浪鼓一样:“对不起，预约满了，我们不接。”

我有些奇怪:“每次都是我拒绝委托人，你是千年大好人，这次怎么这样坚决呢？而且这段时间明明没有委托，咱们俩坐吃山空，山大王一样占据偌大的办公室，无聊地对着打哈欠斗嘴儿玩，你不是也想偷懒吧？”

珍儿有点闪烁，支吾半天，才不情愿地递上一份卷宗。珍儿的工作极其严谨，对每一位打进电话咨询的客人都建立了详细档案，我草草翻开一下，没看出什么所以然来。

“是找妹妹的，我认为不是很急，找妹妹急什么呀？这段时间您的身体不太好，我也不想您太伤神。”

“那也是！”我赶快附和珍儿，把卷宗丢在了一边，“算啦，还是偷懒舒服！那以后你可不要批评我懒了。”

“好吧。”珍儿在心里权衡片刻，抬起头时眼神亮晶晶的。

21

这个叫简婕的女人，人如其名，简洁、干练。

她一身驼色小套装，手拿黑色提包，配同色系的鞋子，大气沉稳。

美中不足的是，五官的比例还是出了问题，高高的颧骨，宽宽的额头，眼睛就显得小了。这样看来，想身跻美女行列，她能拼的就只剩气质。

还好，她的气质非常突出，笑容也耐看。

这是今天早晨突然冲进事务所的不速之客，珍儿正要拦住她，她却热情地和我握手：“苏老师，还记得我吗？”我立刻认出她来，这不就是食品超市帮我付款的女人吗！

“您认识她？”珍儿问道。

“认识。”虽然犹豫，但出于礼节，我还是请她走进我的办公室，坐在我对面的沙发上。

“你就是那位要唤回妹妹的委托人吗？”

“对，我的妹妹。”简婕一开口，我便喜欢上她的声音，吐字特别清润，“可惜，您的助手小姐，一直不给我这样的机会，没有办法，我只能贸然来访。”

珍儿不爱听这话，脸色不好看。我重新翻开简婕的卷宗，面对一片空白的申请表格，抓起桌上的铅笔，自己替珍儿填了起来——

“叫什么名字，几岁去世的？”

简婕顿了一下，看看珍儿和我说：“我有三个妹妹，她们都不在人世了，我想唤回她们。”

我一惊：“三个妹妹都死了吗？你一共有几个姐妹？”

“一共三个，都不在了。”

哦，我和珍儿面面相觑，这种悲惨的情况确实第一次遇到。

简婕眼圈红了：“我们姊妹四个，我是大姐。二妹叫简冰，车祸意外身亡；三妹叫简娜，死因比较复杂，以后再详细告诉您；小妹叫简妮，食物中毒去世。”

“那你们的父母还健在吗？”珍儿接茬，语气已变得柔和。

“都不在了……”简婕用纸巾吸吸眼泪，“现在只剩下我一个人。”

“那您结婚了吗？”

“这很重要吗？”

“也不是。”珍儿面露难色，“您可能不知道，灵魂唤回收费很高，要不要和家人商量一下？”

“不必了，钱不是问题。”简婕语气轻松。

“那你为什么要花这么一大笔钱唤回三个妹妹呢？”珍儿时刻观察着对方的表情。

“您可能无法体会一个人孤身在这世界的痛苦，没有任何亲人。”

“我们能体会！”珍儿语气坚定。

“可是，即使三个妹妹都找回来，你们也无法成为一家人了，她们只有 72 小时的记忆。而且为什么不唤回父母呢？父母去世的时候年纪比较大，唤回他们的灵魂还能在这个世界上存留久一点……”

简婕无言以对，转身求助我："苏老师，我以为你们会充分尊重委托人的意愿，我不想解释，看来我来错了地方！"

我其实并不觉得珍儿的疑问有什么不妥，但垂眼看到便签盒里之前简婕写下的银行账号，想起人家曾经帮助过自己，只好用眼神制止珍儿并告诉简婕："我已经决定帮你唤回三个妹妹。"

"真的吗？"简婕惊喜。

珍儿急得站了起来，看到我已然下定决心，才瘪着嘴坐下。

委托落实了，气氛也轻松下来，我想请简婕品品我的独家秘制咖啡。她婉拒，面前的矿泉水就很好。

办公室的桌上摆了 6 杯清水，倒在一模一样的透明玻璃杯里，原来就在简婕进来前两分钟，有一家媒体过来采访，因为我拒绝接受，对方转身离开，没人来得及喝水。珍儿手忙脚乱，还没把他们的撤下去，给简婕倒的那杯也摆在一起。

聊了半天，珍儿又随手把杯子归置了一下，现在这些玻璃杯里装了一样的透明液体，高度几乎一样，杯子也没有区别，看不出喝没喝过，完全分不清了。

摆在桌上这么久，难免有吐沫飞溅，珍儿正想再倒一杯，简婕每个杯子瞥了一眼，拿起左手边的某个杯子轻轻抿了一下——

"这杯是你倒给我的。"

等简婕走了之后，我四仰八叉地躺在沙发上吃水果，珍儿一个人对着那几个杯子还在研究，我问为什么，她只是一笑。

第二章　简妮

1

“三个妹妹，你想以什么顺序唤回？”

“就从简妮开始吧，她年纪最小，最早去世；再是简娜；最后是简冰，她最后离开。”

“可以，离世越久唤回难度越大，灵魂有可能已经消散，所以尽量先唤回。那我们就先聊聊简妮吧！”

我注意到简婕一直在用敬语和讳语，即使对方是自己的妹妹，便对她心生一丝好感。闭着嘴打了个哈欠，挤挤眼睛把眼泪吸回到眼皮里，我准备开始一场漫长的谈话。

虽然我不上网，但接下委托之后，珍儿便会上网或通过各种渠道搜索委托人和被唤回人的信息，给我提供尽可能详尽的卷宗，这样有利于顺利唤回。

可这一次，珍儿给我的只有寥寥几行：简婕，维珍港人，36 岁，某公司高管，未婚，毕业于维珍文理学院。

“这么简单？”

“只查到这么多。”珍儿犹豫几秒，换成忿忿的口吻，“苏老师，您干吗非要帮这个女人找妹妹呢？这几天又有要唤回父母的……”

“算啦，接谁的委托还不一样呀，兄弟姐妹也是挚亲，我们也不是第一次接，而且简婕还帮过我呢！”

“简妮死的时候15岁，食物中毒，吃了毒蘑菇。”简婕用眼睛询问我，这样可以了吗？

“肯定不可以，这也太简单了！”珍儿拉着脸子，“简小姐，一定是我还没有解释清楚，灵魂唤回是非常复杂的过程，苏老师必须全面了解您的妹妹，如果不能和唤回人的灵魂取得共鸣，就无法唤回！”

她们说话间，我又偷偷打了个哈欠，是的，我心不在焉。

我对自己工作的涣散状态心知肚明，我已经习惯依赖珍儿，反正她比我清醒。再说，一整晚不能安睡，在噩梦中惊醒的女人，白天怎么不犯困呢？

我正打算糊里糊涂地应付简婕，突然捕捉到了她的一个表情——眼球转向一边，嘴巴歪向另一边，轻轻咬一下嘴唇。

啊哈！抓住你啦！

我略微懂点读心术，这是赌场必备技能，这个动作代表她的大脑在飞快运转，并试图隐瞒什么。

如果我是个普通中年妇女，一定会想方设法刺探出她想隐瞒的内容，再大肆传播。但我恰好不是这种人，收了钱，只管灵魂唤回。

不过这个小动作，还是让我来了精神，简婕是不是有什么难言之隐呢？

“那好吧。”简婕明显不大情愿，略一沉吟，语速顿时快了不少——

“简妮是家里的宝贝儿，特别是我父亲的。因为溺爱，有点蛮横霸道。四姐妹中，我比简妮大8岁，虽然简娜只比简妮大两岁，但在家里，地位完全不一样。说到我父亲，可能和唤回没有关系，还是回到简妮吧。”简婕又咬了一下嘴唇。

“小儿子大孙子，老爷子的命根子，家里疼幺女不奇怪。”珍儿捡起维珍港的这句老话。

“我也赞同，很多人可能已发现，人的性格和在家庭的排行有关，这是有普遍规律的。

“一般情况下，老大稳重，相对于弟妹，观念上更保守，服从性更高，是父母眼中的‘好孩子’，懂事、负责、听话。

“排行最小的人最乐观，具有与生俱来的幽默感，与人相处能力强，惯用撒娇和哭泣等小伎俩，也会显得比较任性，迟迟不想长大。

“排行中间的人会更懂沟通，因为没有老大的权威，也没有老幺得宠，所以比较缺乏安全感，喜欢在家庭之外寻找独立和平等，他们喜欢交朋友，擅长和各种类型的人打交道。”

简婕苦笑：“您说得太对了，这简直就是我们姐妹四人的真实写照！”

“那你岂不是位任劳任怨的大姐，经常要帮助父母带妹妹们？”

“可不是嘛，我有时候真是又当爹又当妈的……”

“简妮是在你们家里吃的毒蘑菇吗？谁做的饭？只有她一个人中毒了吗？你们吃了没事吗？在家里去世的还是在医院里？您在现场吗？”

见我把话题扯远了，而且越说越来劲，珍儿的确比我清醒，一把扯回主题，虎着脸小钢炮一样连珠发射。看得出简婕难以招架，用眼神求助我，我只好示意珍儿，先缓缓。

珍儿拿着笔刷刷地记录，我瞥了一眼，刚才她问的问题，这小妮子全部一字不落地记录在备忘录中，等待我回到冥想的现场，给予重点关注。

不得不说，有时候我的珍儿就像猎狗，假如对方真是猎物，早晚会被狠狠咬死。

如果找了男朋友可怎么办，珍儿这样较真的性格，男孩子受得了吗？

如果唯唯还在，唯唯又会是什么样的性格呢？

“基本情况就是这些，您打算怎么做？对唤回有把握吗？”委托人问我。

“没有绝对把握，只有相对把握。”我实话实说，“与其说唤回依赖于我的能力，不如说依赖于你的引导。我要做的也就是跟随你的引导，回到你的记忆里，所以唤不唤得回取决于你。”

简婕好似领悟了我的意思，珍儿挤眼偷笑，我知道她又笑我推卸责任了。

这时珍儿建议，如果要唤回同一个人的三个妹妹，没必要反复跑很多次。找到三个妹妹都在的场合，一起说服她们，这样岂不是事半功倍嘛！反正一只猫也是抓耗子，三只猫也是逮老鼠。

我真是喜欢这个聪明的妹子，她太了解我偷懒的个性啦。

再说珍儿说的也是事实，这样的先例比比皆是。我曾经接受一位儿子的委托，唤回他的父母双亲，我就是一石二鸟，当然费用上也打了折。

简婕好像和谁商量一样，当然这是我主观臆断，因为她又咬了嘴唇，才答应下来。

2

选择回忆的场景看来对于简婕特别困难，费了好大劲才憋出一句话：“我实在想不出什么特别的场景，就去那一天吧！”

这倒不是她应有的干练作风。

可我并不介意她带我到哪儿，早餐吃得丰盛心情也随之明媚，总之我出发了，带着救世主的欢愉，一路小跑地进入了简婕的记忆——三个妹妹，我来啦！苏黎阿姨来带你们回家啦！

这几乎也是我记忆中维珍内港的旧模样。

港湾有一些不同于内陆和海岛的标志性风景，比如货轮和桅杆。

此刻，我的眼睛透过窗外，正瞧见货轮巨大的烟囱和灰蓝色的船身，空气中飘散着烟尘的焦香。我正站在某人家的客厅里，估计是简婕家的。

这是一栋有点年头的建筑物，实木地板，老化墙纸，水晶枝型吊灯和大理石壁炉，为了阴凉，刻意避免采光，维珍港的很多民居都是这样设计的。

简婕的家自然不能和我家相提并论，但窗帘、家具和饰品还算考究，东西杂而不乱，房间里的气味也很舒服，可能因为住满了女孩儿。

玄关背后的墙壁镶嵌了一个隔板，上面摆满了奖杯，但却用布帘遮住，只有风吹进来掀起帘子，才微微露出端倪。客厅角落有张桌子，桌上一只上了发条的绿皮青蛙还在一蹦一跳，这也曾是我喜爱的玩具。

这是紧靠内港港口的一栋小楼，从窗口可以看到码头上熙熙攘攘忙着装货、卸货的人流，再远就是灰色的大海。

港口算不上穷人区，不少身价不菲的贸易商人隐居于此，商铺和娱乐场所林立于小街小巷，好吃好玩的应有尽有。小时候我也爱到这边玩，只不过身边总有人保护，玩也不能尽兴。

我正站在起居室的镜子前面，眼前是一位精心打扮的少妇——一身略显夸张和繁复的长裙，露着大半片胸脯，浓妆艳抹。她的香水尤其特别，这是檀香和覆盆子的味道，闻着闻着我竟然湿润起来，估计男人更会心猿意马。

我正拿着一把密齿梳子，手臂还举在头顶，玩绿皮青蛙的女孩儿突然冲过来，看年纪七八岁，也不和我打招呼，一把将我从镜前推开，径自拿起梳妆台上的唇膏涂了起来。

谁家的孩子这么胆大？！

我正纳闷，另一个大一点的女孩儿也挤了过来，拿起眉笔就在镜子前面给自己描起眉来，两个女孩儿你挤我，我挤你，却对我视而不见。

“亲爱的，你还没走吗？”

镜子里又出现一个白皙瘦削的男人，瞥了我一眼，打开冰箱门，取出一瓶啤酒，又翻腾出一碟下酒菜，打了个大哈欠。

“哦，还没，等会儿。”我赶快敷衍，一定要先搞清楚状况才行。

“简妮、简娜，你们又淘气。”

那男人绕过我，充满爱意地抚摸正在我面前化妆的两个女孩儿，我才搞清楚原来是她们！看这情形他是简婕的父亲，而我化身为简婕的母亲。

不过，简妮和简娜对他的话也充耳不闻。

“亲爱的，你就不管管她们吗？小孩子用化妆品对身体不好。”

“怎么管？”我脱口而出。

“你不管我也不管。”简里仁有点无所谓，却旋即搂住我的腰，嘴也贴了上来，撒娇般哀求道，“夫人，给点钱呗……”

“你干吗！”我本能地抬高嗓门，把他推开，我怎么能让陌生人随便亲吻，而且我刚到这里，怎么知道钱放在哪里呢？

“你看你，脾气越来越差，我只是出去玩几把嘛，回来就还给你。”

唉，原来是个赌鬼！

那男人见我不给，也不和我争吵，转过身朝楼上喊：“简婕、简冰你们下来！”

“我一直站在这里呀。”

一阵清甜的声音传来，我立刻认出，是简婕的。她什么时候也出现在起居室，我竟然完全没注意到她！

也对，我现在在她的记忆里，她一定就在附近。

另一个女孩儿——简冰也从楼上走下来，简婕现在是十五六岁，简冰也差不多。

“你们借我点钱！”那男人命令道，竟然把手轮流伸向四个女儿。

“我没有。”简婕小声说，做父亲的不信，伸手就到她的口袋里翻，直到确定没钱才住手。“我有会给你的……”简婕补充了一句，眼睛没有与父亲对视。

“你呢？”男人又伸向简冰，简冰慢吞吞掏出几张纸钞交给对方。

“还有你！”男人又问小一点的简娜，简娜气鼓鼓地掀开裙子，露出内裤暗格口袋，也掏出了一点零钱。

“我可没有呀，你可别问我！”

还没轮到自己，简妮就奶声奶气地拒绝，谁知道简里仁不仅不恼，还哈哈大笑起来，一把抱住这个最小的孩子，连声说：“小宝贝儿，我怎么忍心问你要钱呢，等你长大了再说吧！”

眼前这荒唐的情景让我出奇愤怒，这样无耻的父亲真是闻所未闻！

我想破口大骂，可我有个毛病，越是生气嘴巴越是不灵光，心里气得要炸，却像吃了个闷葫芦，只能怔怔地站着。

简里仁讨要一圈又回到我身边，再次抱住我：“亲爱的，相信我，我早晚能赢回来，让你重新过上好日子，多给一点吧！”

我厌恶到极点，一边甩开他的手，一边打算用一记老拳伺候他的鼻梁，此行的目的又闪上心间。推开这个赌鬼，环顾四个姐妹，我用深情又悲凉的声音说道：“简婕、简冰、简娜和简妮，如果有一天，我喊你们的名字，请你们一定要跟我走！”

就不差简婕了，我把她也捎带上。

可是，戏剧性的一幕出现了——就像没化妆的小丑摆出一个不滑稽的姿势，嘴里讲着冷笑话一样，我的周围出现了冰冻般的死寂。

“你有毛病吧，跟你走？”简娜一撇嘴，靠到简里仁身边，“我宁肯跟他走。”

简妮咧着嘴笑得更欢，牙齿上还沾着一片血红的唇膏，再看简冰和简婕，一模一样，毫无表情。

这次的经历真是丢人啊，我竟然被三位唤回人，甚至包括委托人同时拒绝！

苏醒之后，珍儿帮我告诉简婕，这次白跑了一趟，苏老师没有取得唤回人灵魂的信任，请她还是要选择一些有特别记忆价值的场景，便于我和妹妹们深入沟通。简婕虽然不知道我经历的细节，但看我的脸色不悦，便不再多话。

“还是一个个来吧，下一次是简妮。”珍儿替我嘱咐，简婕答应。

3

与左立不期而遇，我正在面包店买新出炉的长棍。

我喜欢把黄油和盐涂在面包上，再把大蒜碾成汁液，也薄薄地刷一层，放在烤箱或者平底锅里烤到金黄色，撒一点西芹末或香叶，这样的香蒜面包曾经是小唯唯的最爱，也是我这个不称职的母亲，能做好的为数不多的几件家务之一。

知道左立是故意在这里等我，我却不说破。

还是那个我熟悉的，浑身散发着大麦茶和薄荷叶混合气息的男人。这种气息，来自他柔滑细腻的肌肤纹理，渗入他的每一件衣服里，即便分别 20 年，只要有一丝被鼻翼捕捉，还是能带给我失重般的心悸。

他还是穿着让我神魂颠倒的英式风衣，维珍港风大雨多，我记得当年在我们的公寓，衣橱里挂满了他的风衣，每一件都是我细心熨烫，有黑色的、灰色的、卡其色的。

那段日子虽然短暂，却是人生中最为美好的一段时光——两个处于恋爱最亢奋阶段的年轻人，完完全全属于对方。

您知道完完全全的滋味吗？

我们的手指时刻紧扣在一起，即便是入夜后进入梦中；我们的眼神时刻交织在一起，即便在最熙攘的人群里。我们无休止地亲吻，每天成百上千遍，根本不知道厌倦和疲惫，我们长时间静静地数着对方的呼吸，几个小时保持拥抱的姿势。

我们根本不需要问对方这样的问题：你爱我吗？你有多爱我？因为我们的心明明白白地知道答案。

我就是那时候怀上唯唯的，毅然从大学辍学，并和父亲决裂。

可是，唯唯出生之前，左立却突然失踪，我隐约知道他出国了，还打算永远不回来，而且连一句道别也没有。

唯唯下葬后我才与左立重逢，当时我被关在一个到处都是白色墙壁和白色灯光的地方，总有人给我打针喂药，用力把我按在床上。左立长时间陪在我身边，嘴唇贴着我的额头喃喃自语，一滴一滴眼泪流进我的嘴里，甚至跪在地上乞求我的原谅，而我已经无能为力。

前年，他硬生生重回我的视线，不知不觉我竟能和他对话了。其实这么多年，他再也没离开过维珍港，时不时出现在我的旁边，只是我对他视而不见。

但这些对话的词语再无生灵，和唯唯一样，已经沦落到荒芜之地。

左立今天难得地穿了一件柠檬色短风衣，这让他年轻了20岁。我也突然间意识到，我们都是中年人了，今后需要用色彩唤醒活力。

“左叔叔！”珍儿跳了过去，亲热地挽住左立。

"珍儿。"

"只吃这个？"左立转向我。

我"嗯"了一声，算是回答。

"回家吧，炖了汤。"

我知道他说的"家"在哪里，却充耳不闻，左立已经是成功的商人，在维珍港有豪华的房子，还是独居。

左立用眼神向珍儿求助，一旁的珍儿忙推我，"苏老师，去嘛！去嘛！"

"不去。"

珍儿佯作叹气，我不准她叹气，叹气会把好运气叹走，珍儿便气鼓鼓地："苏老师，您把我都带坏了，我就快嫁不出去了！"

"这怎么能赖我呀。"

"怎么不赖您呀，您哪里都好，就是一直和左叔叔僵着！我天天学您的样子，对男孩子凶巴巴，结果把自己变成老处女。反正您已经恨左叔叔这么多年了，不如报复他一下，咱们联手吃垮他，喝垮他，让他破产才解恨呢！"

我想回头掐珍儿，她滑溜溜地抓不住，只能嗔怪地瞪了她一眼，"我看你就是馋了，喝碗汤你就嫁得出去吗？"

珍儿先我一步已经上了车，左立顺势接过长棍，我只好也钻进车里，坐在副驾驶的位置上。

上了车珍儿就打开了话匣子，也多亏她，不然我和左立只能尴尬地坐着。珍儿说起自己相亲的事儿，近期她在父母的安排下，走马灯般见了一群男人，却一个都没成功！

我还没来得及评价，左立已经接过话："珍儿你现在还小呢！这么好的姑娘急什么呀，如果我是你爸爸，可舍不得嫁你出去，嫁到别人家委屈受气，还不如在身边多宠几年呢！"

我说："天天留在家里，珍儿变成剩女怎么办？"

“剩女怎么了？”左立一边开车一边看我，“当爸爸的愿意养一辈子……”

珍儿咯咯笑着：“苏老师，左叔叔，我们这样可真像一家人啊，你们就像我的爸爸妈妈，我就像你们的崽崽！”

左立听这话难掩欣喜，顺着珍儿的话说了一大堆，我一句也没听到，只顾着自己怅然若失。

4

不知怎么了，这几天我总是想给周嫒写信。

其实，除了夏敏，这个世界上我最好的朋友是一个叫周嫒的女孩儿。不过现在她应该也不是女孩儿，可能早已为人妻，为人母，和我一样有鱼尾纹，饱受雌性激素减少带来的身体困扰和心灵折磨，因为她是伴我成长的幼时伙伴，想来也四十好几了。

我说过，从小到大我没有什么朋友，我不是社交恐惧症或者无力症，相反，擅长讲冷笑话的我不时冒出憨傻呆萌，在同龄人中还挺受欢迎，比如我经常讲的笑话——老师正在上课，小明举起手来：“老师，我想要拉屎。”老师皱眉，教育小明：“你要文雅一点呀！”小明想了想说道：“老师，我屁股想吐。”

这样的笑话由我讲出更具“笑果”，一方面，我讲了无数次还不厌其烦，几乎逮住一个人就讲一遍；另一方面，众人眼中理应文雅的总督女儿当众讲出这样不雅的笑话，更有反差的冲击力。

我就是这样，从一个笑话就能看出，我渴望叛逆的快感！可惜我生在政客家庭，连朋友也不能按照自己的心意去结交，需要严格的筛选和审查，这令我苦恼不已。

只有周嫒是漏网之鱼。

从一封用弹弓穿过总督府围墙外那棵大树射进我房间，落在我床上的纸条开始，我们成了无话不说的笔友。躲过父亲的秘书和保镖的严密监控，我们一直偷偷书信往来。每次我都是按照她的建议，把信放在一个我吃完的曲奇饼铁盒子里，藏在围墙外大树下的一块大石头下面。

信每次都被及时取走，她的回信也会放在其中，可惜我们却从来没有见过面。

不过，这并不影响我们敞开心扉，毫无保留。我们聊的话题一直都很有趣，从我们手指甲的月牙大小，令人烦恼的虎牙和下面长出的绒毛，交换对父母的抱怨和小青年的愤世嫉俗，再到关于男孩儿的小心事儿和同龄女孩儿的八卦，统统不会错过。

从她的信里我知道，周媛是个活泼开朗的孩子，几乎是镜子另一面的我，我们有相同的身高和体重，都酷爱酸辣的食物，我们讨厌灰色，都喜欢一个叫席林特的外国歌手，可别人都说席林特的歌鬼哭狼嚎，难听至极。

席林特曾经到我家单独表演过，在总督府宽大精美的草坪上，他用尖头高跟鞋踩踏着佣人精心打理的草皮连唱了三首歌，父亲的脸色也变成了灰色。家人碍于礼节没有捂住耳朵，我和苏夜却被电吉他的炫酷彻底迷倒，我们围着席林特，粉丝一样忠诚仰视他满是破洞、挂满各种肩章的皮夹克，哭着喊着不肯让他走。

后来我们知道，席林特唱的这种歌曲叫作摇滚。

不过，我和周媛也有很多情况相反，至少她的父母就不是乏味的政客，她可以随心所欲地去任何安全的地方旅游。她的头发浓密，不像我的，发丝细软蓬松，站在镜子前几个小时，也弄不出一个像模像样的发型来。她还会做饭，我却从来没有摸过锅铲，她做的卤味尤其“飘香千里”，这是我从她的叙述中自己得出的结论。可我却没有那么幸运，从来没尝过她的手艺。

现实生活中我虽然缺少朋友，却有个想缠着我一起玩的妹妹。我烦不胜烦，总是想方设法把她打发得远远的。苏夜看我变得神采飞扬，终于知道我有这样一位贴心的笔友，羡慕不已，我知道她不会向父亲告密，就把和周媛的信分享给她一起来看。

看完这些信，腋下夹着网球拍的苏夜却有些失望，眼睛忽忽闪闪。

“干吗，你是忌妒吗?！”

这眼神忽然激怒了我——年轻的苏黎“哼”了一声，从妹妹手里抢过信，悻悻地回到自己的房间，紧闭房门继续给周媛写信。

不过，我和周媛的友情却在我搬离总督府的那天戛然而止，其实在我和左立确立恋爱关系不久我们就渐行渐远，因为一直和我心灵相通的周媛却开始劝我“慎重考虑”，口吻竟然像我的父亲。

我没有再给她写过信，也没有再往曲奇饼盒子里放信，更不知道怎么和她再次联系。

但是，每次我想和某人说说心里话，还是想给她写封信……

5

远远地看到一个细骨伶仃的女孩儿跑了过来，我讨厌她！

我又一次进入简婕的回忆里，来唤回她最小的妹妹。

简妮已经是十四五岁的模样，剪了个丸子头，前面是个刘海帘子。别人好看的丸子是整齐内扣的，她的丸子却很杂乱。因为太瘦了，下巴显得很尖，颧骨突出，小小年纪就有尖酸刻薄的模样。

这个不讨喜的模样，却还深得父亲宠爱，我也终于参悟一个道理，每位做父母的都有白内障，敝帚自珍。

我还记起上次见她的模样，简妮那么刁蛮任性，把我从镜子前面推开，我也是个小心眼爱记仇的女人，现在真打算从后面踢她一脚！

打定主意伺机报复，谁知道还没伸出脚，简妮已经站在我的面前，上来先扇了我一耳光！

没有丝毫防备，我被打得结实，皮肤顿时生疼，眼睛里面闪着金星，耳膜也气鼓气胀，我下意识伸手揉脸，才发现自己也是个女孩儿。

“我等了你这么半天，你为什么迟到？！”简妮凶神恶煞一般训斥我，朝着我的胸口又是一推，“叫你老实一点，你又耍什么花样？准备好了没？等下别给我演砸了，不然我要你的小命！”

“准备好了。”

本想马上还手打她，我突然计上心来，一挺腰板，管你呢！我也不知道准备什么，你敢打我，我就给你先胡闹一通再说！

环顾四周，我和简妮正站在维珍内港浑身汗臭的人群里，这里是客运码头，巨大的客轮把天南海北的客人送到维珍港来。

正值盛夏，烈日如炬，把人烤得像一根蜡烛，从脑瓜尖儿开始滋滋冒油。

“看到那个女的没？按照计划行事！”

简妮擦了一下唇上的汗珠，指指不远处一个拖着两个行李箱的女人，小声命令我。

“什么计划？”我反问，简妮以为我装傻，朝着我的嘴又给了一下子，“你今天真的找打，我们不是说好了吗？你走上去撞她，然后就倒在地上装死，接下来就交给我啦！”

我“哦”了一声，听到简妮骂骂咧咧地：“你可真是个大蠢蛋！”

我现在明白了，这两个女孩儿绝对不是在干好事！不过简妮却是真正的主谋，她在威逼一个比她弱势的女孩儿，性质更加恶劣！

我想报警，还想揍简妮一顿，可我是带着“任务”来的，必须先取得简妮的信任，再让她的灵魂答应和我一起走。

简婕这个混蛋，竟然要我唤回这样的货色！

心里窝火，硬着头皮给自己打气，我朝那女人走了过去。我的心跳很快，汗毛都竖了起来，女人越来越近，瞅准一个时间点，我一侧身，用胳膊肘撞了她的肚子，自己顺势躺在地上，赶快把眼睛闭上，便一动也不动了。

只听那女人“哎呦”一声，还有皮箱跌落的声音，她已经蹲了下来，用手不停地摇着我的身体:“小妹妹，你没事吧？我没撞坏你吧？”

我把眼皮眯起个缝，正好看到简妮蹑手蹑脚地贴到女人身旁，拾起她掉在地上的一只皮箱，拔腿就跑。

女人回过神来，赶快去追简妮，这时候简妮朝我大喊:“你怎么还躺着，捡起那个箱子快跑呀！”

我鬼使神差地从地上爬起来，拎起另外一个皮箱就朝相反方向跑去，突如其来的变故让这个可怜的女人措手不及，她追了简妮几步，又想回头来追我，可我们往相反的方向逃跑，她根本一个也追不到！

我可是个长跑健将，从小到大这是我引以为傲的特长，就为了时不时甩开父亲派来的保镖。即便现在驾驭的是别人的身体，但大腿根发力，甩起大步子，一般人也追不上。

可是今天没跑多远我就停下了，我现在是在简婕的记忆里，我并不是真正的小偷团伙——简妮的共犯，我为什么要跑呢？

而且简妮，她躲在哪里呢？我跑远了等下怎么去和她会合？还有简婕，她站在哪里，现在是看热闹吗？

脚步慢慢放缓，最后停了下来，我把手里的箱子放在地上，这时候那女人朝我冲了过来，一把扯住我的衣服，把我再次推倒。

“你这个可恶的小偷，该死！我一定要报警！”

女人骂着，我倒是无所谓，任由她骂，全然不反抗。有两个警察从另外一个方向押着简妮走过来，原来她也被抓住了。

“蠢货！”我听见简妮嘟囔，“你刚才为什么不马上跑呢？”

“我是故意的。”

看着简妮错愕的表情，我一阵得意。

“你找死是吗？”简妮还在斗狠，咬牙切齿。

“对！”我嬉皮笑脸地，“要死咱们俩一起死。”

简妮挣脱警察，冲过来就要打我，被警察重新按住，那男人力度很大，疼得她“哎呦”叫起来。

“你们俩说什么，都给我老实点！”警察恶狠狠地凶我。

这时，我又想起此行的目的，心里这份不乐意呀，就简妮这德性，唤回她的灵魂干什么，这是多么肮脏的灵魂啊，唤回了不是危害社会吗？

看来真不该答应简婕的委托！

明知必然失败，可来都来了，也不能无功而返吧！我最终还是没好气地，硬邦邦地甩出一句话：“简妮，如果有一天，我叫你的名字，请你跟我走！”

“我跟你走？”简妮冷笑，“可以，跟你回去正好杀了你全家！”

6

刚醒来我就埋怨简婕，为什么她的妹妹这么恶劣，这样的灵魂我可不想唤回，不要玷污了我的能力！

“难为您了。”简婕语气中颇多无奈。

“我说过，她是父亲娇惯的，从小偷鸡摸狗，缺乏管教。这是简妮第一次被警察抓住，那天我去码头送人，正好见到了这一幕，我赶快冲出来向警察求情，可她还是被带走了，后面父亲托人找律师，出了一笔钱才把她保释出来。”

“看来你和你父亲一样有钱，这样的人也肯为她花钱。”珍儿揶揄道。

简婕无奈，“亲人是什么，就是你不得不见，不得不管的人，没有选择。简妮再糟糕，她也是我的妹妹，我必须救她。”见我阴沉着脸，简婕只好又来哀求，“苏老师，简妮是有点难对付，能不能麻烦您再试一次，最后成功把她唤回呢？”

我又想起简婕在超市里帮我付款的情景，纠结了半天，还是决定再帮帮她。

简婕前脚刚出门，事务所外的走廊里就传来了一阵嘈杂声。这是高档写字楼，进出者都衣冠楚楚，安保也特别严谨，这是怎么回事呢？

噪声持续不断，夹杂着细碎的脚步，不时有男人奔跑喊叫，珍儿张望了一下，也跑出去看热闹，半天不见回来。

“怎么了？”

裹着毯子，穿着真皮拖鞋，我也来到走廊上，声音还在，可是已经不见一个人影，估计他们到了大厦另外一侧。珍儿不知所踪，我唤了几声，到电梯口和天井又转了一圈，便回到办公室。

刚坐进椅子里，我就发现不对劲——

有人进来了！

办公室里，应该有一个陌生人来过！

我的记忆力和观察力都是超常的，严重的洁癖和强迫症迫使珍儿每天把我的办公室整理得一尘不染，桌椅沙发、每一样物品都严格按照固定位置摆放，绝对不能出一点差错。即便我在办公室，一切也是井井有条，否则，我就会心慌烦躁。

现在，茶几歪了。

而我可以保证，刚才它还是正的。

这个人在办公室里吗？我没看到有人出门，那他极有可能正藏在这个房间的某个角落！

我的脊背发凉，虽然我能对付死人的灵魂，但一个身份不明的陌生人潜入我的房间，他会对我不利吗？珍儿不在，我一个人又能脱险吗？

是起身到处找找，还是坐在原地不动，等待珍儿回来，我正在纠结之际，珍儿气喘吁吁地从外面跑了进来，一边跑一边喊："苏老师，大事不好，这栋大厦的保安刚才突然发疯，开枪打死一个人之后，躲进大厦里了，现在保安和警察都在堵截他呢！"

"杀人犯？！"我有点惊慌，难道……

"人还没抓住，不知道躲到哪里了，他有枪很危险，您一定要注意安全啊！"

"我们的事务所刚才进……"

必须告诉珍儿了，我刚讲了这几个字，突然，一个硬硬的东西顶在我的肚子上，我坐在椅子上，下意识地低头一看，只吓得魂飞魄散！

一个男人正蹲在我的办公桌下，就在我的大腿旁边，用一把还有余温的枪管，顶住我的肚子！他的眼睛，死死地盯着我，满是杀机！

这个躲藏的男人穿着保安制服，因为出汗太多，整个头发都趴在头上，他张着嘴喘气，我们的距离实在太近，我几乎能闻到他口里的酸味。

我懂他的眼神，如果我现在说出他藏在这里，他会立刻扣动扳机，珍儿也马上会没命的！

"刚才什么？"珍儿被我的表情弄得迷惑，想走上前来。

我努力让自己镇定，马上换上自然的表情，挥挥手不让她走过来："我们的事务所刚才飞进来一只海鸟，被我放走了。"

"是吗？"珍儿停下脚步。

"是的，对了，我想喝一点甘蔗汁，你现在能帮我去楼下的便利店买吗？"

现在想喝这个？珍儿纳闷，但还是马上答应：“好的，我立刻就去！”

珍儿海鸟一样转眼就飞了出去，确定周围再无危险，男人的手枪离开了我的肚子，他从办公桌下面钻了出来。

我认出他来，这是大堂的一位保安，我们还算熟悉，他很年轻却在这里工作了好几年，小伙子待人一直热情和气，大厦里的人对他印象都特别好，我还偶尔找他借雨伞。怎么会是他呢？他怎么会杀人呢？

“对不起，苏老师。”拿枪的男人垂下头，“我不是故意吓您，我是不想被他们抓住……”

“没关系。”我故作平静，“你真的杀人了吗？”

“我没有！我没杀人，不是我干的！”

“那警察为什么追你？”

“苏老师，我也不知道怎么回事，但您相信我，我真的没有杀人啊！”

看着年轻的保安，不知怎么，心里涌起一丝怜悯：“我相不相信不重要，关键是你真的没杀人就不要东躲西藏，法官会给你一个公正的判决。”

“他们不会相信我，因为是我开的枪……”正四处躲避的年轻人带着哭腔，“是我的这只手扣动的扳机，但是，真的不是我干的，我都不认识被打死的人……”

几分钟之后，珍儿带着甘蔗汁回到事务所，一切已经恢复了原有的宁静，我的眼前却还是小保安逃跑前流泪的画面，久久散不去。

7

刚一出来，一股热浪差点把我掀翻！

我先看自己的打扮，男的，因为我光着膀子，只穿了一条小裤衩，脚下是一双拖鞋，脏兮兮的人字拖，平滑的腹部和不发达的肌肉提示我，这应该是个半大小子。

和上次一样，又是酷夏——热。

我和另外七八个男孩儿霸占着一片树荫下的几张躺椅，他们和我一样，留着长头发，为了赶时髦这么热的天气也不肯梳起来，就黏糊糊地披在肩膀。空气中有汗臭、烟臭和哪个午饭吃多了大蒜又不停打嗝的气味，有人不停地流鼻涕，可能热伤风，还有人把双手吃力地插进牛仔短裤已经不能再瘦小的口袋里，想让自己看起来更帅。

旁边就是露天游泳池，一群女孩儿在游泳，不少人趴在躺椅上暴晒。

我想起这一年了，维珍港疯狂地流行黑肤色，女人们想方设法把自己晒成古铜色——这股潮流其实是唯唯引领的，她和老师、同学们在海边游泳的照片被小报偷拍，这是她的形象第一次出现在公众视线里。唯唯的两条大长腿，暴晒过后白里透红的肤色，没有发育好却圆乎乎的小屁股，令整个维珍港神魂颠倒。

不过这件事的后果就是，媒体对我这个已经淡出视线多年的总督大女儿重新燃起浓厚兴趣，开始长篇累牍地挖出我的秘密，还有左立的。我们的爱情故事被演绎成维珍港版本的“罗密欧和朱丽叶”，博取了不少女人的眼泪，也得到了不少嘲讽。

处于贫困潦倒状态下的我频频被跟拍，那些蓬头垢面蹲在菜市场捡便宜菜、双眼呆滞站在路边如同失足女，或者赌鬼一样窝在赌场里抽烟赌钱的照片，让父亲也受到莫大冲击，差点导致他执政生涯最大的滑铁卢。

这件事最终也成为唯唯死去的导火索……

我费了半天劲也没认出简妮，这时候女孩子流行穿连体泳衣，带个泳帽和泳镜，就像剥了壳的乌龟。

“你觉得简家四姐妹哪个漂亮，阿高？”

身旁一个小个子一边啃指甲，一边有滋有味地欣赏女孩子的身体，忽然拿胳膊杵我。

我“阿高”还没来得及说话，另一个男孩子接了话，他油乎乎的长发几乎遮住半张脸，一张嘴很远就闻到烟味：“肯定是简冰呗！”

“对！”一众小伙子都附和，“这是公认的。”

“老二简冰虽然漂亮但是勾不到，见到我们远远就跑了，也从来不出来游泳，老三简娜长得也行。”

“简娜行什么呀，她太矮，腿又太粗了！”

“但她胸最大呀！”

“那咱们今天找哪个？”小个子又问我，一脸坏笑的模样。

“你们看简妮，不知不觉这小丫头已经长大了，你看她那个风骚呀，不就等着我们去搭话吗？”

“简妮那可比不上简婕饥渴，你看简婕的眼睛，不停偷看我们。”

“那怎么办，今天一石二鸟吗？”

一众小子哈哈大笑，正在泳池里的女孩们个个走了神，不时偷瞄过来。

“今天就简妮吧！”

说话间，已经有两个小子走了上去，好像就是领头的样子，我们几个也陆陆续续站起来，跟过去。其中一个长相非常俊俏的男孩子径直走到简妮面前，其他女孩子都停了下来，直勾勾地望着这边。

不知怎么，我的注意力却不在简妮身上，此刻吸引我目光的是不远处穿一身蓝色连体衣的简婕，因为她在咬嘴唇。

“简妮。”男孩子温柔地唤着。

“干吗？”简妮从水里钻了出来，坐在池子旁边，脸红扑扑的，不知道是游累了，还是害羞。

“跟你说个事儿呗！”那男孩子笑起来，眼睛下面有两条卧蚕。

“说什么？”

“咱俩谈恋爱呗！”

男孩子们闻言哄笑起来，见简妮没吱声，“卧蚕”蹲下一把搂住了简妮的肩膀，细声细语道：“你别游了，和我们一起去玩游戏呗！”

“玩，玩什么游戏……”简妮竟有点紧张。

“玩 B 呗！”我身旁的小个子此刻正挎着我的手臂，兴奋地大声接茬。

“这是个什么游戏？我，我不会玩……”简妮难得流露出羞怯。

“没事，这些哥哥一起教你玩，可好玩了！”

“哦，好玩，真的吗？”

“特别特别好玩！”

“小妮！”一直不吱声的简婕喊了一嗓子，但声音马上又怯怯的，“别，别去了，要吃晚饭了……”

这群小子立刻横眉冷对，齐刷刷地转过脸去瞪简婕，简婕赶快把脸垂下，但还是小声重复了一遍：“快要吃晚饭了，别去。”

“你怎么就爱多管闲事呢？”简妮腾地翻脸了，“你就见不得我比你好，是不是？”

“对，别管她！咱们玩一会儿就回来！”

眉目俊俏的“卧蚕”已经完全搂住了简妮，简妮又白了一眼简婕，颇有胜利者的姿态。

我被小个子夹着，只得随着一众人扭身往回走，此时简妮已经被那小伙子紧紧钳住，好几个男的围着她，有人现在就开始捏她的屁股，手几乎伸进泳衣里面。

“怎么办呀，这下要出事了！”我开始着急起来，心里琢磨着怎么救救这个马上就要陷入巨大危机的女孩儿。

虽然我很讨厌简妮，但她毕竟还小，我知道接下来要发生的事情，可能会对她的身心造成极大的伤害。

“阿高，还是去你家！”“卧蚕”回头命令我。

怎么办呀！我可真急了，是现在马上回去，还是多待一会儿想办法救简妮？

如果我现在回去，这次就白跑了，已经是第三次啦，我的精力消耗巨大。可就算留下来，我又真能救得了她吗？

不行！此刻救人为重！女侠客的勇气再次涌现，我甩开小个子，一把扯住了走在前面的简妮——

“简妮，如果有一天……”

话音刚落地，右侧肋骨的剧痛，猛然把我抛向无边的黑暗！

8

“后面怎么样了？”

清醒过来的第一件事，我就是摇醒简婕，她好像有点头疼，一直在按摩眉心。

“不知道……”

“你怎么会不知道，她后来发生什么事情没？”我急了。

“就是没有呀！”简婕轻松地笑着，“简妮和那群人走了之后，我们就散了，其实这群男孩子还挺受欢迎的，住在这一区的女孩儿都想吸引他们的注意力，甚至还在暗暗较劲呢！那天简妮像公主一样被挑了出来，大家心里都忌妒得不行。简妮在晚饭前就回来了，前后只有半小时的模样。”

我长出一口气，还好，他们没有真伤害简妮。

“那你玩过他们说的那个游戏吗？”

这个问题忽然涌上我的嘴边，差点脱口而出，我望着简婕，把自己吓了一跳。

“那简妮答应跟您走了吗？”简婕没有看出我的心思，反问我，我点头，她同意了——

原来这一次我化身的阿高是一个帅气小伙儿，竟是简妮初恋的对象。

当我说出那句话之后，简妮甩开之前搂着的“卧蚕”，扑向了我，她的眼睛闪亮闪亮，答应和我一起走，那几个男孩子很忌妒，嚷嚷着要一起打我，慌忙之中我赶快回来了。

虽然我还是不喜欢简妮，但终于和她心灵相通，接下来只剩“唤回”啦！

左立推开办公室的门，走到我身边，我才回过神来。

“我敲了门，敲了很久。”他略显歉意，我没说话。

“你穿这件裙子很漂亮！”左立又说，我先瞄了一眼他的装扮，一贯的儒雅，才低头看了看自己，这的确是我最喜欢的裙子，用东方的印花丝棉，还是那位维珍港最好的裁缝，一针一线缝制成合身的款式，配合我的仪态，又好心地遮住了我略微拱起的肚子和手臂的拜拜袖。

“今天我带你去个地方，给你一份惊喜！”

珍儿鼓励地望着我，做出加油的手势，我才勉强起身，随左立离开办公室。

维珍港的道路都不宽敞，两边站立着高大挺拔的多叶乔木——大王椰，几乎看不到天空，车行其中，就像穿行在绿色隧道中。

我不打算开口问，左立自然知道带我去哪里，我看到他脸上难掩的兴奋，好像又回到了 30 年前，我们初次相逢。他每天在教室外面等我，急着带我去他新发现的好去处，去找好吃食——海鲜锅就是他的“新大陆”。

不过，不知怎么，想起这些，我既不喜也不悲。

今天的我就像一杯不冷不热的水，寡淡无味，但他还是捧在手里。

珍儿说我在考验他，我说没有，真的没有，我承认有过那么几个瞬间我被感动，但只要想起唯唯，就什么都没有了。

车子停在了码头的水产市场，左立示意我别动，他“腾”地跳下车，跑进市场里，矫健得就像个小伙子。

市场里除了鱼虾还能有什么？

我把身子懒洋洋地靠在座椅上，对即将到来的“惊喜”提不起任何兴趣。

9

左立把什么东西放进尾箱，又跳上车，脸笑成了花园。

我必须承认，眼前的左立对我曾是有致命吸引力的，他的笑，唇边一颗小虎牙，眼睛弯成新月，是无数个夜晚拥吻过后，我的眼神依旧不能迁移的地方。

“干吗，这么神秘，又这么开心？”

“现在还不能说，我们要赶快回家！”

左立一踩油门，车子冲出去，顾不上市场门口堆的破鱼篓和竹篮子，车子在垃圾堆上颠簸几下，便上了主干道，立马全速飞驰。

几分钟后我们就到了他家，左立从尾箱中搬起一个大泡沫箱子快步走进客厅，还没等我在沙发上坐稳，就迫不及待地为我展示他的“惊喜”了。

只见他的手中捧着一条被破开肚皮，足有半米长的金枪鱼，扒开鱼肚子，拿出里面的东西——是一个细长的玻璃瓶子。

“苏黎，你看看这是什么？！”

我接过玻璃瓶子，只一秒钟，就惊呆了！

我认识这个瓶子！

世上真有这等奇事？这是在我知道自己怀上唯唯的那天，我和左立一起丢进海里的许愿瓶，今天竟又出现在我的面前！

“你，你是怎么找到的？”

我的声音颤抖，左立的脸旋即也挂满感伤——

这真是缘分啊，管家今天去市场买食材，听说海里捕上一条金枪鱼，肚子里发现了玻璃瓶子。管家过去看热闹，没想到瓶子里的纸条署名是我和你，就立刻给我打了电话。

“难以想象，当年我们一起丢进海里的许愿瓶，能够重新回来……”左立哽咽，就是这一天，我们给孩子起名叫唯唯，不论男女。

此刻我已不能自已，手捧漂流瓶，往事排山倒海般涌现，几乎把我击倒。

晚上，瓶子被我带回事务所，我不吃不喝，目光久久驻足，身子无法动弹。钻进被窝，紧紧搂住瓶子，仿佛这就是唯唯。

妈妈，您知道吗？我希望和您住在一栋四面透明的房子里。

每一面墙壁都可以看到外面的树木和花草，透过天花板可以看到天上的鸟儿和夜晚的星星，地板下面能看到海里嬉戏的小鱼和小虾……

我赶快说，宝贝儿，我也这样希望！

可是，在梦里，无论我多么努力，就是找不到这样的房子。

现在我懂了，这个许愿瓶就是唯唯的透明房子，她一直住在里面。

10

“简妮究竟是怎么死的？”

珍儿低声问简婕，此刻我正闭目神游，怀里抱着多日不肯撒手的漂流瓶，也为唤回简妮的最后阶段做准备。

“我之前说过，那是一场意外，简妮是食物中毒，春季是维珍港吃菌菇的季节，她吃到了毒菌菇，送到医院抢救无效去世了。”

“她是在哪里吃的呢？”

“在家。”

“除了她，还有谁吃了菌菇？”

“我们一家人都吃了。”

“你们没有中毒吗？”

这是备忘录上的问题，珍儿是不会放过的，早晚要问出来。简婕今天还算配合，一一作答：“我们都没事，只有简妮中毒了。”

“那就奇怪了，你们一家人吃了一锅汤，怎么只有她中毒了呢？就算她恰好吃了有毒的那只蘑菇，煮了这么久汤里难道没有毒吗？你们喝了就一点反应都没有吗？”珍儿刨根问底。

“这是十几年前的事情，具体细节我记不清楚。”

“我们家里长期请了女佣人，买菜煮饭一直都是她负责，那天的汤是她煮的，她也一起吃了。谁知道晚饭只过了半小时，简妮就喊肚子疼，很快就上吐下泻，我们其他人都没事。

“看她的情况越来越危急，慌忙之中我们把简妮送进医院，在路上她就昏迷了，到了医院已经出现器官衰竭，当晚死在医院里……

“因为简妮属于非正常死亡，警察来到我们家里调查了一番，认定她是食物中毒。可是佣人在家已经把汤倒掉，碗都洗干净了，警察也没查出什么名堂。

“这时候医生解释，每个人的体质都不一样，对毒物的耐受力也不一样，其他人没反应，不能代表汤里就没有毒。可能是简妮年纪最小，她又特别喜欢喝菌菇汤，那天只有她一个人喝了两碗，所以……”

“这就是祸从口入啊！维珍港每年都有吃菌菇死的人，看来真要小心。”我补了一句。

“就是啊，活蹦乱跳的人喝了蘑菇汤转眼就没了……”

说到这里简婕哭了，豆大的眼泪一颗接一颗地掉，样子就像一只猫。我虽然冷漠，但不是铁石心肠，平时就见不得别人落泪，便安慰着，你不要太伤心，我一定尽力帮你唤回！简婕这才止泪。

由于简婕和家人一直在医院陪护简妮，亲历了简妮临死的一刻。我便和简婕一起进入冥想状态，回到十几年前的维珍港第一医院的重症监护室外。

这次和唤回冯潇潇不同，因为可以“遇见”正在经受与肉体分离的灵魂，直接指引她即可，我不需要再去荒芜之地——那是失去肉体一段时间以后灵魂才会聚集的地方。

不过和到荒芜之地唤回一样，我的灵魂也会脱离我的肉体，以游离的状态存在，不属于这个时空维度，没法依附任何人的肉体。这也意味着我可以自由进出任何空间。

唤回开始，我的灵魂出窍，随简婕的记忆来到维珍港第一医院的某个普通的午夜。

我没有在简婕身边过多停留，简妮的父亲已经瘫软在地上，母亲在撕心裂肺地号叫，亲人们也在痛哭，简婕站在几步远的地方，用手抹着眼泪。

说实话，此刻我又触景生情，虽然多年前我没有亲眼目送唯唯离世，但她也是在这家医院因抢救无效而去世。

我必须赶快调整心情，进入工作状态。

我把简婕一家人抛在重症监护室外，飘飘忽忽地穿过墙壁，穿过围拢在简妮身边，已经做完最后急救，正垂头丧气收拾器械的医生和护士，来到她的病床前。

还是那个我不喜欢的简妮。

她马上就要死了，医学意义上的死亡已经被医生宣判，但她的灵魂还在肉体里做最后的挣扎停留，从我的角度来看，她还没有死，我知道这是最艰难的时刻——

失去生命活性的肉体驱赶着灵魂，从脚趾尖开始，把它赶到脚踝，再到小腿和大腿，经过腹部和胸部之后，灵魂想趁机躲进手臂，又被一股强大的力量阻隔，只能恋恋不舍地来到颈部，在这里，大动脉的跳动已经停止，灵魂途经已经松弛的嘴巴，不能再翕动的鼻孔，最后到达已经灰暗，却是曾经用以和这个世界做最佳沟通的眼睛，到达头顶。

立刻就腐败的肉体做最后的驱逐，灵魂就如同初生儿从产道降生一样，从死者的百会穴飘出，顿时无助地暴露在污浊的空气中。

如果这时候我凝神定气，就能听到灵魂呜咽的哭声。

生，哭；死，亦哭。

也许只有这个时候，我才能参悟哭对于人的意义。

医护人员已经将白色床单盖在简妮身上，等她的尸体刚被推出无菌区域，简家人就扑了上来，哭得天昏地暗。

嘭！

我熟悉这个声音，被唤回人的死亡现场去多了，我知道这是什么声音。

灵魂与肉体分离后，括约肌不再受到中枢神经的控制，死者的排泄物会挤出来，如果腹腔压力过大，这种声音也很大。

每次，我都觉得这才是一个人对世界真正的道别，以这样一种滑稽的“礼炮”为自己鸣响最后的丧歌。

这声音吓了简娜一跳，我看了她一眼，再次熟悉这位下次唤回的对象。

“简妮，请跟我走！”

我开始呼唤，我知道简妮的灵魂就在我身边，不过我们看不见彼此，只能凭感觉交流。

“你答应过我，有一天跟我走……”

我继续呼唤，一副驾轻就熟的轻松，毕竟我曾经唤回那么多灵魂。

但是，这一次，我失败了。

11

带着少有的挫败感，我回到维珍港的事务所，醒来时有浓重的“起床气”。

“再来一次，还是怎么样？”

看我脸色阴沉，简婕小声问珍儿，尽量回避我的眼神。

我承认自己毫无城府，喜怒哀乐都任性地摆在脸上，现在的我，真是又羞又气又恼。

“还来什么，我给你退款！”

我开始摔简婕的卷宗，珍儿噘噘嘴，也不敢吱声。

“也不知道你怎么带的路，每个环节都没有问题，别人的亲人都能唤回，怎么你的妹妹就唤不回呢？”

我猪八戒倒打一耙，反过来直挺挺地质问简婕，她只宽容一笑：“不好意思，苏老师，害您白跑一趟，您已经尽力了，唤不回来肯定是我的问题。不需要您退款了，接下来麻烦您唤回另外两个妹妹吧！”

珍儿见客户这样大度，会衬出我的胡搅蛮缠，赶快递个眼色给我，语气略显诚恳地对简婕说：“灵魂唤回成功率很高，但也不排除失败的可能。不过在苏老师执业期间，这样的概率是微乎其微的。导致唤回失败的因素确实很多，最重要的一条就是被唤回人的灵魂突然变卦，它不肯听从指引人的指引。面对这种‘任性’的灵魂，我们也无能为力。这世上本来就没有万无一失，我们在合同中写得非常清楚，一定会按照比例给您退款……”

“简妮活着时就很任性，看来她的灵魂也同样任性！”简婕用抚慰的口吻，给我找了一个台阶，“苏老师，您先休息吧，我们下次再见。”

简婕走后，珍儿端着咖啡走了进来，和我分享大厦里的新闻——

“苏老师，还记得之前我告诉您的，咱们的大厦保安杀人的事儿吗？逃跑了一段时间，他已经被抓住啦！”

“是吗？”听到这个消息，我的心情有点复杂。

“不过呀，听说他就是不肯承认杀人，杀人的凶器已找到了，就是他的佩枪，那上面只有他的指纹，而且，他杀人的全过程也被大厦的监控拍到了。按理说证据确凿，可是直到法庭，他就是一口咬定没有杀人，因为情绪激动甚至在法庭上晕倒了。”

“警方指控他的杀人动机是什么？”

“就是奇怪啊，警方也查证了，照例说他应该不认识那个被他杀死的男人，也没找到买凶杀人的证据，最后只好认定是冲动杀人，但是这种说法也站不住脚，因为事发当天两人之间并没起任何冲突……”

珍儿也丈二和尚摸不着头脑，继续说：“听说那天，这个保安正在大厦上班，大门开了，一个男人走了进来，向这个保安问路。两人对话很客气，保安也没有异常，可就是转眼间，他却脸色大变，掏出手枪直接打爆了对方的头。”

“他杀人前说了什么奇怪的话没有？”

珍儿看着我，苏老师，您能掐会算呀，您怎么知道他说了一句奇怪的话呢？这句话是：

“你别以为我忘了，当初被你害死的我，今天一定要你偿命！”

12

珍儿常问我有什么窍门能够打败赌场，毕竟在维珍港，我们的生活绕不开博彩这个话题。

“蚂蚁可以扳倒大象吗？”我问。

“基本上很难。”珍儿回答谨慎。

那我讲一个故事吧，很久以前，一群蚂蚁在拼命搬运树叶，这些树叶可不一般，是能治百病的神奇树叶，蚂蚁的窝在一片沼泽的深处，蚂蚁知道自己的身体很轻，可以在沼泽地上来去自由。

有一天，一头患了重病的大象遇到了在搬运树叶的蚂蚁，大象平时经常会抢蚂蚁手头上的东西，但是这头大象在病痛的折磨下，竟然丧失了理智，它想，蚂蚁手上的树叶太少，窝里一定还有更多！自己只要稍微冒一点险就可以拿到更多的树叶救自己一命，于是这头大象就冲进蚂蚁的巢穴——沼泽地，最后，一命呜呼了……

“苏老师，您是说我是这群蚂蚁，早晚有机会扳倒大象吗？”小财迷珍儿眼冒金光。

“不，我是说，你是这头大象！”

珍儿小嘴“呜呜”的，手指摸摸嘴唇划过脸颊假装流泪，我看她的样子直想笑，便又问：“你到赌场的目的是什么？”

“当然为了赢钱呀！”珍儿激动起来，“苏老师，您不会以为我是大慈善家，一心一意到赌场来捐钱吧？而且就算捐钱，我也不会捐给开赌场的人吧！”

我搂住珍儿的肩膀：“如果你是一头心智正常的大象，只是偶尔从蚂蚁那里抢一些树叶，那你的确有可能得到一些甜头，但如果你抱着一定要赢甚至翻本的心态，对有庞大资金做后盾的赌场，对赌的结果就必然会输。”

简单说，如果到赌场就是图个乐子，那么你可以坐下来，享受五星级的环境、高水平的服务，喝免费的饮料，看精彩的表演，不时和身边的帅哥美女搭讪，打发一段时光。也许这样，你还能凭运气赢点小钱，或者说不亏钱。

但如果想到赌场来赢钱，那么你马上立定，向后转，跑步——走！

赌场绝对不是你来赚钱的地方，在这里，99% 的玩家都是输的，而且玩的时间越长，输的钱会越多。

“赌场不是一个公平的地方吗，庄家和玩家的输赢机会相同，为什么玩家都会输呢？”珍儿不解。

“谁告诉你赌场里的输赢机会相同呢？”

当然，每个赌场都希望通过各种手段让玩家误以为，赌场是个公平的地方，各种赌戏的输赢概率相等。可事实上，赌场在每个赌戏中都占有微弱优势，大约在 1%–3% 左右，只不过有些项目优势较大，有些项目优势较小。

你不要小瞧了这点微弱的优势，赌场每天开门营业，累积效应巨大。如果你天天来赌场，这种效应在你身上也就更加明显。

“如果我一定要打赢赌场，有什么办法吗？”珍儿缠着我。

“办法呢，并不是没有。”我卖了个关子——

一个人想打赢赌场，要有两个条件：一是有足够的时间，无限次数与赌场对赌，二是有与赌场资金量匹配的资金量，这样才能满足“零和博弈”的条件。

所谓“零和博弈”，是指在赌戏中，庄家和玩家之间，一方所输的正是另一方所赢的，游戏的总成绩永远为零。

这段话我真不清楚珍儿能否听懂，今后我还会为她解释的。

不过，即便这样也不能保证这个人能打赢赌场，最后的结果最多只是平局。

因为，一个人偶尔一次去赌场可能会赢钱，但是他去的次数越多，输的概率就越大，因为前面我说了，赌戏其实并不公平。

不过，如果他满足了“零和博弈”条件之后，反败为胜的概率会增加，最终接近“零和”，也就是平局。

当然考虑了时间成本和机会成本，玩家还是亏本的。

所以，“不赌即是赢”，这是赌王说的。

13

好吧！我不能只把博弈论和统计学抽象的概念灌输给珍儿，我得带着她“实战”，毕竟她是学芭蕾舞专业的。

唯唯也是极喜欢跳舞的，虽然她还没来得及在舞台上展露光彩。珍儿最终也改行了，一次彩排她跌落舞台，终结了自己的艺术生涯，然后就被上天赐予了我。

我牵着珍儿走进金碧辉煌、极尽奢华的赌场，脚踩在松软的地毯上，好像走在草地上。

“这就是钱堆出来的。”

我给珍儿指点介绍，如同一名负责任的导游——

看这里，赌场里最多的机器叫老虎机，也叫角子机。

这些一排接一排，形状各种各样、画面花花绿绿、声音特别诱人的机器，每隔几分钟就会发出叮叮当当，天上掉金币的声音。

虽然你拉一下杆子或按一下按钮，可游戏其实完全由电脑程序控制，过程早就被设定好了，输赢完全要看电脑的“脸色”，与你关系并不大。

这可是赌场里最没“营养”的赌戏，给初学者、女士和老人家准备，虽然简单易玩，但赌场和玩家之间的输赢概率最为悬殊。也许偶尔你会赢一点钱，但只要玩上几个小时，肯定血本无归！

我带着珍儿转过角子机，远远地站在轮盘赌区域。

再看这里，一个巨大的轮盘，在轮盘的环形凹槽边缘平均分布着38 个号码，分别是 1–36 和 0、00，一位美女站在下方，等待玩家下注后，就笑盈盈地转动轮盘。

记住，我提醒珍儿，这就是 Siren 海妖，你千万不要靠近！

因为轮盘赌可称之为赌场中玩家获胜率最低的游戏，既可以买数字，也可以买色彩和单双，如果轮盘上只有 1–36 个数字，那么赌场和玩家处于一种公平的状态，但如果出现的结果是 0 或者 00，赌场就会收走所有玩家的赌注。赌场的获胜率最终多出 2.7%，甚至 5.3%，所以假如你想给赌场做慈善，首选这个项目！

珍儿吐吐舌头，这个游戏我恰好最喜欢了——因为简单。

听说有人发明了可以放在鞋跟里的计算机，根据轮盘和小球的移动，设计出简单的物理模型，预测小球落点，可以提高玩家的获胜率。

“也许下次我可以试试！”珍儿顿时兴奋。

我熟知这孩子直肠子一根筋的个性，和我一样一样的！看她跃跃欲试的模样，我相信她肯定说到做到，赶忙踩刹车制止：“亲爱的，千万不要尝试，因为你太不了解赌场啦！”

按照法律规定，这里是私人领地，赌场有权选择客人。

衣冠不整、满身酒气、没带身份证件，甚至就只是看着不顺眼，赌场都可以不提供服务。

也就是说，在赌场，顾客不是上帝。

赌场遍布监视器，任何人的细微举动都被捕捉和监控，况且维珍港枪支合法化，如果你敢在赌场出老千，这些作弊设备被发现，轻则被保安请出去，重则会有生命危险！

而且，即使是赌场自己都不会轻易出老千，我讲过，赌场靠概率论赚钱。

我牵着珍儿又来到骰盅游戏旁，也是远远地站着，我一努嘴："又一位 Siren，也是获胜率偏低的游戏。"

"我们干吗站这么远呀！"珍儿伸着脖子要往前凑。

"傻瓜，大庭广众说这些不是砸场子吗？你想我们被赌场赶出去呀！"

"我们还是过去看看吧！"

珍儿两眼放光，拖着我的胳膊拼命向前走。我有些后悔了，真不该陪她来赌场。

这样吧！

我和珍儿约法三章，前面已经说过，我们很难在赌场赢钱。为了让损失减到最小，开始赌戏之前我们必须要为自己设置一个"止损线"——只要输的钱超过这个额度，无论如何立马起身走人。

"没问题！"

珍儿满口答应，掏出钱包拿出 1000 维珍币，在我眼前傻兮兮地晃悠。罢了，罢了，我只好随她。

14

我说了那么多，不指望珍儿都能记下，至少也能明白个大概。可是珍儿换了筹码却径直走到一张轮盘底下，美女荷官眨着大眼睛，用笑容迎接我们。

“你傻啦，这是海妖呀！”

“苏老师别急，刚才我就发现，这个轮盘有问题，您看看！”珍儿和我咬耳朵。

其实不用珍儿提醒，我也早注意到了。不仅是我们，赌场里的不少玩家都聚集过来了——

电子记分板上，清楚地标注出了这张轮盘之前的结果，已经连续17局红色了！

我心算了一下出现这个结果的概率，瞅了瞅珍儿，她歪着小脑袋也在掰弄手指，我喜欢小妮子思考问题的样子。

“你想投注？”

“当然，必须投注！”

“你买什么颜色？”

“当然是黑色了，这么多红色，下一局肯定是黑色！”

我想笑，傻妮儿，在赌局中，每一局的结果都是彼此独立的，即使之前出现了100局连续的红色，下一局的结果也不必然是红色，更不可能必然是黑色。

这是概率论常识呀！

“你看轮盘上面有38个数字，其中18个是红色的，每一局出现红色的概率就是18/38，连续17局红色的概率是多少呢？18/38连乘17次，就是……”

“具体的数字您就不用算了，其实维珍港人哪个不懂一点统计学知识呢，苏老师您还真当我是傻子呀？”珍儿撸胳膊挽袖子，“您也说了，连续17局红色已经是小概率事件了，那么再连续1局红色的可能性就更小啦！”

好！既然珍儿懂概率论，我也来了兴趣，继续和她争辩。

"你说连续17局是小概率事件，那么连续16局、15局呢？应该也是小概率事件吧，那为什么在小概率事件之后还是出现了小概率事件呢？"

"我不管那么多啦！"

被赌徒心理占据的珍儿，不由分说，把一枚100维珍币的筹码丢进投注区，买黑色，轮盘启动，小球开始一圈一圈滚动着。

"红色，8。"

美女荷官报出结果，我笑出了声。珍儿嗔怪地看了我一眼，唠叨着就是怪您之类的，又摸出一张筹码，放在投注区，继续买黑色。

"苏老师，咱们比一比吧，您也下一注，我倒是要看看谁的运气好！"

呵呵，反正是比运气，玩玩就玩玩，我也掏出一枚筹码，放在红色区域。

轮盘又开始旋转，这下珍儿更激动了，她和其他玩家一起大声给转盘打气，集体喊着号子：黑色！黑色！

转盘终于停了，结果出来了，所有人发出了惊呼，连我也愣住了。

00区域！

庄家通吃了我们，这又是一个小概率事件。

15

我笑着扯住还要继续赌的珍儿，她的眼睛都红了。

"说了你不信，一心还给赌场送钱！"

"如果所有的赌戏都必输无疑，谁还来赌场呢？"珍儿不服气，大口吮吸免费可乐，似要喝回自己刚输掉的200维珍币。

我用嘴努了努赌场中央的一排排赌桌，那边很热闹，玩家围坐在桌子周围，是扑克区，主要是21点、德州扑克和百家乐。在这些赌桌中，有一类赌戏又特别受欢迎，桌子几乎都被人挤满了，不时发出笑声。

“如果一定要找出一个能赢赌场的游戏，也就只剩21点了。”

我牵着穿宝石蓝紧身高领上衣、白色蓬蓬长裙，满脸稚嫩的珍儿从一群男人中间穿过，站在一张21点牌桌不远。桌上正有三位男士，其中一位友善地指指空着的位置，我微笑摇头，小声给珍儿继续扫盲——

21点是个比大小的扑克游戏，玩法简单，2～9的扑克牌按照牌面数字计算，A可以代表1点或11点，10及花牌代表10点。

发牌之后，谁的点数相加最接近21点谁就赢，点数不够的可以继续要牌，超过21点就爆掉，爆掉就输了。大多数赌场都会用发牌机洗6～8副牌。

在玩21点的时候，你的对手只有一个，庄家，同一桌上的玩家彼此不存在竞争关系。不过，因为大家使用的是同一个发牌机里的扑克牌，如果我有一张A，那么别人拿到A的概率就会降低。

21点是赌场相对优势最小的，所以大受欢迎，每位玩家也确信自己能战胜赌场。

不过，要想在21点中战胜赌场，需要在技巧和直觉之间找到平衡，必须具有基本的素质——绝对的冷静和胆识，还要有足够的资本来控制风险，更要有足够的耐心赢得最后的胜利。

否则，即便是专业的算牌者，也未必会赢钱。

“什么是基本策略呢？”珍儿再次开启“十万个为什么”模式。

好吧！那我就给你讲讲——

玩21点时，对庄家有特殊规定，在没有拿到17点之前，荷官需要代表庄家给自己一直要牌，直到总点数达到或超过17点，才能停止要牌。

比如，庄家拿到的牌点数是 13，就必须再要一张牌。此时你手中的牌的总点数是 18，而如果庄家又拿到了一张 4，他的总点数就是 17，根据规则，他不能继续要牌了，只能乖乖地把钱输给你。

也就是说，庄家的行为僵化，可以预判——对于玩家，这就是机会。

假如你的牌现在是 16 点，而庄家的明牌也是 16，按照“基本策略”，现在你停止要牌是最佳方案，自己不拿牌，等待庄家继续拿牌爆掉。

此外，玩家还有一些“基本策略”，确保赢得概率加大。比如手上有一对 A 就要拆牌，自己拿到 11 点时，只要庄家没有 A 就双倍下注，自家 17 点对庄家明牌 10 点时要继续要牌……

做这些判断不需要丝毫的思考，才称之为“基本策略”。

德州扑克虽然也用扑克，但与 21 点相比，要考虑的因素和变量太多，很难归纳出数学模型。还有百家乐，类似 21 点，一般 8 副牌，各玩家手中牌值相加，总点数的最后一个数字为 9 或者接近 9 为胜，在华人中流行……

“有了基本策略，我就一定会赢吗？”珍儿又来了精神。

“这只是学习 21 点的第一步，真正想赢，你需要算牌。”

“算牌？！”

珍儿四周张望：“苏老师，您刚才说了，赌场是私人场所，算牌者不会被赶出去吗？”

“这个问题问得好！”

我这个曾经的算牌者只好耐心继续解释——

赌场的确对算牌者深恶痛绝！

国际上有专门的事务所收集算牌者的信息，赌桌的上方都有监控，专业人员会分析玩家的下注情况，异常的、大额的下注都会被关注。

如果某人被认定为算牌者，上了“黑名单”，很快，全世界的赌场大门都会向他关闭。所以一定要不动声色地偷偷算牌，绝对不能被赌场发现。

“具体怎么算牌呢？”

“一般是按照6副牌中已经出的牌，估算下一张牌点数的概率。”

这样讲抽象笼统，珍儿肯定不懂，我暗下决心，如果她真的感兴趣，我会悉心教授，虽然算牌不是好事，但也很有趣味。

“算牌者都是数学家吗？”

“那也未必。”我叫了一杯啤酒，边品边说，“算牌者肯定要有数学基础，但情商更重要。绝大多数算牌人是平和沉稳的个性，一定要善于伪装。因为赌场有钱，可以雇用最顶尖的人才，这些人也是算牌高手，整天坐在监视器旁边分析牌桌上的异常，这时候就会出现精彩的猫鼠游戏。”

即便如此，21点算牌者还是层出不穷，有的赌场不得不增加“霸王条款”，比如玩家只能在换新牌时加入牌局，防止算牌者通过同伙统计出牌情况，在最合适的时间段加入赌局。或者规定玩家只有在拿到9点、10点还有11点的时候才能双倍下注，并且每局只能分一次牌。

赌场这样做无非是降低玩家优势，打击算牌者，保证自己的利润。

16

看珍儿听得如痴如醉，我也站累了，只好带她坐上21点赌桌，心里还在问自己，这样不会把珍儿教坏吗？

我早知道被人盯梢，回头对视，赌场经理就快步迎了过来。

他们认出我了，我也没特意化妆，更没拿假 ID 身份卡。

其实现在我已经很少一个人坐上某一赌桌，特别是 21 点，只玩玩角子机和轮盘，输几百维珍币就走，和赌场之间相安无事。

但年轻时我任性胡为了一阵子，仗着自己是算牌高手，又有超常的记忆力，在 21 点牌桌，切萝卜一样赢了不少钱。

精干又和蔼的赌场经理送来了 1 万维珍币的筹码，我知道他的意思，他绝对不会冒犯维珍港令人崇敬的前总督的大女儿，但也不希望赌场损失太大。

请我点到为止。

我友善地摆手，不用了，这次我只是带这位小姐来学习，我只玩 10 局，不下重注，筹码我自己买，输了算我的，赢了我不带走。

珍儿跟着我下注之后，荷官开始派牌，这张赌桌上只有我们两个，方便说话。

三言两语不能把 21 点的算牌精髓教给珍儿，我也不能在这里教。

最重要的是，我不希望珍儿的一生指望任何不劳而获。我的骨子里其实排斥赌博，虽然名字好听——博彩、赌戏，但毕竟是赌博。

我们下注之后，荷官给我发了两张牌，方片 Q 和红桃 4，顺次给珍儿发了黑桃 2 和梅花 9，自己的是梅花 6 和红桃 10。

好牌！

我隔空指指珍儿的牌面，赌场的规矩是，发牌之后玩家不能再接触桌上的扑克牌。按照 21 点的规矩，2+9=11 点，也就是说接下来，珍儿只要拿到任何一张 10 或者花牌就是 21 点了，这个概率很大。

再看我的牌，花牌方片 Q 是 10 点，加上 4 点等于 14 点，我可以继续要牌，争取拿 21 点，也可以等待庄家爆牌，因为她现在是尴尬的 16 点，按照赌场规则，庄家的牌面低于 17 点就必须继续拿牌，除非她拿到 5 点及以下，否则庄家就会因为超过 21 点而“爆掉”。

因为没打算动脑算牌，也没有观察这张牌桌之前的出牌情况，我只是遵照了“基本策略”，放弃继续要牌，珍儿如愿来了一张 K，成为 21 点，荷官给自己发了一张方片 8——爆了！

荷官、我和珍儿都笑了。

在赌场玩 21 点，看庄家爆掉的确是一桌玩家皆大欢喜的结果，训练有素的荷官也会顺应大家的情绪，自嘲一下，开开玩笑。

荷官按照 1：1 兑现了筹码，我瞧着珍儿的高兴劲叹了口气，赌博对人的诱惑实在太大啦！

第二局我拿到一张 A 一张 Q，漂亮的“黑杰克”21 点，我至少不会输了。

珍儿是 18 点，庄家是 19 点，庄家超过 17 点不能继续要牌，珍儿必须继续要，虽然很有爆掉的可能，但不要就相当于投降，要牌还有可能会赢。结果珍儿拿到一张 10，爆掉了。

这局的结果，我们一输一赢，珍儿也学会了规则。

又玩了几把，珍儿上瘾了——

本来说好只玩 10 局，她死活赖着不走，我起身离开牌桌，站在珍儿身后。反正也是小赌注，我们也没赢钱，我就随她继续玩下去。

结果“赌场诅咒”果然应验，没几局我们俩输的只剩 1 个筹码了。

“最后一搏！”珍儿咬牙切齿。

我望着她的模样好笑，这是个好机会，再告诉她一个赌场玄机。我正这样打算，这局牌就配合我的想法，来得天衣无缝。

珍儿用最后 1 枚筹码下了注，她得到了 2 张 A！

A 在 21 点游戏中可以当成 1 或 11 点，是最抢手的好牌，此时庄家是 15 点。

我大笑起来，眼泪都笑出来了，连荷官都忍俊不禁。珍儿啊，大好的赚钱机会就这样错过了，因为你没法再次分牌啦！

按照规则，一对牌可以分牌再要牌，这样你有双倍赢钱的机会，可是分牌必须下注，你已经没钱了。

两张 A 这样难得一见的好牌就不得不当成 2 点或者 22 点进行计算，一手好牌玩成了烂牌！

我想要告诉珍儿的玄机就是——在赌场，想要把胜势转化为胜利，还需要足够多的机会，但我们的钱毕竟是有限的，所以必须对赌注进行合理规划。

无论什么时候，把钱全部输光就意味着自己丢掉了翻本的希望。

珍儿的嘴瘪成鸭子，恼羞成怒伸手去口袋里拿钱想继续买筹码，被我一把挡住，还记得止损线吗？

人之心胸，多欲则窄，寡欲则宽。

今天就到此为止吧！

17

维珍港的几大地产商近期都蠢蠢欲动，“维珍之珠”所属的地皮要出让，这个消息可是让夏伟业兴奋不已。

维珍之珠是一个方圆几十公里的小岛，却是维珍港的标志，它离岸 10 公里左右，直面大海，扼住维珍湾要冲，地理位置极佳。

维珍港是个自由贸易港，政府通过高额的房产税和不动产申报来控制地产业的泡沫，但维珍之珠可不一样，它的价值无可比拟！

多年来，“维珍之珠”一直没有真正意义的商业开发，不过这块地可是完完全全、如假包换的风水宝地，夏伟业当然想到要建大型赌场！

谁不知道赌场日进斗金呢？

夏伟业不是第一天想开赌场了，他早就想得肠子痒痒，可肠子在肚子里没法抠痒，合适的地皮也一直没找到。

除此之外，按照维珍港的法律规定，只有原住民才能开赌场，夏伟业花重金找了一位土著酋长，以他的名义上下运作，前总督的小女婿最终拿到赌场牌照。

牌照在手，“维珍之珠”势在必得！

我妹妹苏夜嫁给夏伟业是父亲的安排。夏伟业那时候就已经在商界崭露头角，夏家也是维珍港赫赫有名的大家族。总督的女儿迅速成为夏家各项实业的大股东，但她并不参与经营，还是醉心于天体物理。

在父亲眼里，苏夜无疑是另一个怪坯子，好在我们两个女孩儿并不是父亲的继承人。

我认识左立正是夏伟业的特别安排，他们是大学同学。那一年我们四人开始了一场雨林旅行，我们深入维珍港最偏远的热带丛林，孩子一样观察动物、植物和星空。一路上的见闻我都记不清楚了，只有最后一夜，终生难忘。

我们划着橡皮艇沿河流而下，谁知道一场暴雨来袭，小船翻了，我们的装备全都淋湿，好歹找到一个村庄落脚。

这是我人生最美好的一夜——

我们在海边玩得畅快，我们吃酸笋炒海螺，吃海蟹的大钳子，吃酱油炒饭，一盘一盘吃个不停，我们喝啤酒，玩成语接龙，一轮一轮没有尽头。伴着潮水我们大声唱着歌，左立站在凳子上夸张地打着拍子。我们不分谁是谁，抓起一个就翩翩起舞，我们在夜色下的沙滩上尽情奔跑，用尽全力冲进大海，再被海水送回岸边。

等醒来时，我发现自己和左立躺在一个帐篷里，故事就这样开始了。

可这并不是一个好故事。

左立是维珍港反对殖民运动的青年领袖，时常穿着卡其色风衣，站在广场的人群中，慷慨激昂地演说。而我，是殖民政权的象征和守陵人——总督的大女儿，过着被外界误以为奢靡和浅薄的生活。人民还算爱戴我父亲，但已经难以接受他的不争气子女，我们的结合注定不被祝福。

而且最后，我杀了唯唯——我们的孩子，把这个故事画上了句号。

18

在维珍港提到舒大师，那是无人不知无人不晓，特别是官商两界，舒大师的话和圣旨也差不多。说是圣旨不如说是妙手回春的灵丹妙药，一个人如果能让他点拨点拨，据说就会逢凶化吉，遇难呈祥。

与我和夏敏的学院高冷派不同，舒大师很接地气，我们与死人的灵魂打交道，在时尚的摩天大楼里开事务所，舒大师却住庭院养花草，给活人看风水。

不过有一点我们相同，舒大师也不是谁都给看，更不是谁都点拨，特别讲究“缘”字。

来人需要先在门口的石阶站半小时，舒大师“观缘”后才能决定是否见面。听说如果大师“嫌弃”之人必有大灾大祸，可惜是否继续点化就看他的心情了。

曾经有位议员要舒大师指点仕途，舒大师“观缘”后说什么也不肯见面。这位议员于是慌了神，大师不见一定是有说法，反复登门拜访后，舒大师长叹，随手抓起扇柄照着他的头上狠敲了一下。

议员有心发作又怕冲撞神明，窝着一股火回到家，不久生病住院，医生检查时竟然在脑部发现一个肿瘤，确诊后发现是恶性的！

由于发现及时，手术很是成功，议员的生命得以极大延长。可惜接下来这位议员又卷入了权色交易，不得善终。

舒大师的法力还不止如此，他的典故说上三天三夜也说不完。但世人敬重他另有原因，听说此人点化人心，宣扬的是真善美。假如真是这样，我还算认同他，只是彼此没有交集。

夏伟业早年就结识舒大师，那时舒大师刚入江湖，只精通周易术数，靠帮别人相铺寻宅看坟为生，夏伟业多方支持。如今舒大师已名满维珍港，但不忘旧情，只要是夏伟业的事情一定尽心尽力。

这里得明确一下，夏敏和夏伟业有亲戚关系，都是维珍港夏家的后代，但两人从未彼此提及过，这并不奇怪，大家族成员之间难免有外人不知的爱恨情仇，但我敢肯定这两人私下里有亲密的接触。

我是怎么知道的呢？我可是粗神经又不爱八卦——

这一切还是巧合，因为我曾经送给夏敏一瓶香水，这是一位香水调配师帮我特制的，前调是橙花，中调是木兰，尾调是香根草，但这其中，我执意加入烹调牛肉时最爱的香料木姜子，置身其中，香氛格外悠长，也让这种香味在这个世界上独一无二。

这种香味，我在夏敏身上闻到过，在夏伟业身上也闻到过。

但我绝对不会告诉苏夜。

不过让我感到疑惑的是，这种味道竟然也出现在左立身上，甚至是珍儿！

这是什么混乱的世界，人和人之间究竟有什么复杂的关联？可我不想多管，一切随他们去吧。

19

苏夜的电话不期而至，说车子就在楼下，我正好在事务所百无聊赖。刚出大堂，就看到夏伟业和左立在车门迎接。

和左立缓和关系之后，我们四个人又能聚在一起，不过，和多年前不同，如今的热闹只属于他们三个，我基本不讲话，但也不会横眉冷对。索性他们还带上我，也不勉强，完全随着我的心情。

“今天带你去见一个人！”苏夜神神秘秘。

沿着海湾茂密的椰林越走越远，十几分钟就到达一处隐蔽的庭院。夏伟业径直就进去了，苏夜蹲在院子里逗一窝刚出生的小狗崽。

“这是舒大师的家。”左立看我纳闷，揭开谜底。

哦，我环顾四周，舒大师家的庭院远离海岸，粗粗数来就有上百株树木，屋顶上是一个大型菜园。左立说去年春天夏伟业叫来工人，帮舒大师家做了立体改造，院里是花园，屋旁是果园，天空是菜园。

这会儿自动喷水的小喷头正旋转着“呲呲”地冒着水，在夕阳里形成一道道小小的彩虹，庭院里至少有十几种鲜花正逢花期，榴莲、木瓜树都开始结果，屋顶上小葱、小白菜长得欢实，四角豆和黄瓜、丝瓜接得硕果累累，直垂到檐下。

左立见我看得入迷，笑道，这太简单了，如果你喜欢，明天我们家也这样弄一下，你想吃黄瓜就自己摘。我假装没听到。

有一双大长腿的舒大师和夏伟业面带微笑走进庭院，看得出和苏夜、左立很熟稔，寒暄几句之后，见了我也没有异样。佣人把茶水倒上，舒大师指引大家坐在庭院里一处古朴又豪华的沙发区。

“伟业，你有麻烦。”舒大师定神过后开腔，夏伟业一惊：“我怎么了？”

舒大师微闭双眼，眼球在眼睑处微微抖动：“你的文财神方位不正，离水太近，水能运财，但也见水化财。”

夏伟业仔细一想，自己在办公室供的财神位下面刚摆了个鱼缸，鱼是苏夜弄来的，说养活物有生机，看来摆的位置不妥。他赶快拿出手机拨给秘书，秘书立刻叫人把鱼缸抬走了。

舒大师略微点点头：“好些，但煞气尤重，冲坎西。坎为水卦象，重坎为八纯卦。二坎相重，阳陷阴中，重重险难，可谓险上加险，天险，地险。恐怕不是仅仅冲财那么简单了，注意渊深不测，成事不利，更要注意肾、泌尿疾病。”

苏夜“扑哧”一笑，给了舒大师一个媚眼：“肾虚果然是万恶之源，我看什么险也没有肾虚危险，估计伟业就是操劳过度！”

这等闺房暗语众人都能听懂，夏伟业的花边新闻整天见诸报端，和几个女明星、嫩模勾搭不清。

舒大师并不在意夏伟业脸上的小尴尬，回屋拿出一道符纸来，折成一个小方块交给夏伟业，夏伟业熟门熟路地放进皮夹的暗格里，随手拿出支票本，刷刷开了一张递给佣人，佣人熨帖地放进一个红木匣子里，舒大师眼皮都没抬。

“那维珍之珠呢？”夏伟业进入正题。

“从你命格来看，这块地与你无缘。”舒大师依旧半眯着眼睛。

“这么确定吗？”

“对你我就实话实说。”

夏伟业叹气失望，但语气中也透着不服气：“命格能改，道是无缘也有缘。”

“话虽如此，但你今生并不差这块地，三千功名尘与土，强求到手又有什么益处？”

“我是商人，唯利是图，你们都说这块地风水好聚财，我又怎么能置身事外呢？”

舒大师哈哈大笑：“我说维珍之珠风水好可以盖赌场，可没说只适合盖赌场，做别的项目也聚财，而且更没有叫你本人去盖赌场。我郑重劝你，千万别碰这块地，否则会有杀身之祸！”

“有你舒大师在，我什么祸也不怕，相信你总有办法化解。”夏伟业满不在乎。

舒大师略笑：“我也不是法力无边，只能略尽绵力，尽量保你平安。”

两个人你来我往，说得热乎，舒大师蒲扇大手忽然一指，目光定格在我身上：“苏夜，这是你家姐呀？”

“是呀！”

“你竟然也来了，看来我们有缘。”舒大师眉眼含笑。

我也回应：“有缘。”

20

气氛祥和之际，舒大师的房间里走出了一位金发碧眼的女郎，径直进了庭院，画风骤然大变，众人收声。

“我介绍一下吧，这是我的入室弟子，来自英伦的洛丽塔。”

舒大师用颀长的手掌托举空气，有点勉强地指向来人。这位叫洛丽塔的女子说不上特别漂亮，却有几分俊俏，轮廓颇有英伦女子的洒脱气度。她上身穿一件质地十分优质的白衬衣，胸口以上的纽扣敞着，下身穿一条合体的天蓝色牛仔服，挺拔地站在一身灰色长衫、盘扣袖口滚边、道骨仙风的舒大师身旁，大大方方地朝众人点头。

这两人看起来很是般配养眼，风水大师收个外国弟子也不稀奇，我们四人之中却只有左立一人回应。

“你会说维珍话吗？”

“只会一点点。”

“那你怎么学风水和《易经》呢？这可是博大精深的学问。”

“我靠悟性。”

左立称奇，不错，你竟然还懂悟性，看来孺子可教也。

“看风水本来就不是技巧，而是先天的能力。”

“那你来学什么？”

“我学驾驭这种能力的能力。”

“为何师从舒大师？”

“择善人而交，择善书而读，择善言而听，择善行而从。”

这番回答让左立对洛丽塔更加刮目相看，舒大师却不想纠结于这个话题，打断两人的谈话，继续提醒夏伟业近期的运程走势。

夏伟业也不知道哪里来了尴尬，举止神态都不太自然，苏夜的脸色更是阴沉，见此情景我拿起手包，左立忙起身。

“就这样吧。”

我们四人离开舒大师的家，一路上，坐在前排的苏夜和夏伟业闹起别扭，一直嘀嘀咕咕，车子开了几公里远，苏夜突然大喊，什么善人善行的，我看都是胡说八道！那我们就回头看看，究竟是怎么回事！

我正一头雾水，夏伟业回身向左立征求意见，左立握住我的手，夏伟业得到肯定的答复之后，车子掉头，不情不愿地往回走……

第三章　简娜

1

“简娜排行第三，在我们姐妹中间最特立独行，排行和性格分析在她身上体现得淋漓尽致，简娜就是那种在家里不受关注，却拼命想博眼球的类型。

“她很早就放弃学业，成绩在班级倒数，但却很受欢迎，换过一大堆男朋友。她多才多艺，能歌善舞，喜欢大声笑，大声哭，经常醉得不分东南西北，被一群人抬回来，不过大家好像就吃她这一套。

“别人都说我们家简娜，要么就是一代女皇，要么就是混世魔王……”

简婕又来到我的办公室，这一次我们要唤回第二个妹妹简娜，珍儿在记录。

我们都刻意回避简妮唤回失败这件事，珍儿私下还是叮嘱简婕，回忆场景选择一定要有冲击力，要让我和简娜的灵魂有更深刻的共鸣，这样才利于唤回。

“那最后她成了什么王？”珍儿没正经，开始调侃。

“见了阎王。”我心里接话，脸上却尽量不形于色。完了，我怎么也学坏了，什么时候开始这样幸灾乐祸起来？

简婕抿嘴一乐没有正面回答，自顾自地继续讲下去：“简娜十几岁时辍学混社会，家里人都管不了她，其实也没人管……”说到这里简婕顿了一下，“这算是家里溺爱的结果吧，简娜犯过几件大事，都是惊天动地的，有三件命案和她有关。”

我把腰直了起来：“都是什么命案呢？”

简婕抬手抚抚头发，我才发现她的袖子底下、手腕上有几条粗黑的疤痕，虽然涂了厚厚的粉底霜想遮盖住，却还是在不小心露出时破坏了整体形象的优雅。简婕注意到我在看她的疤痕，不动声色地放下手臂，顺便掩着嘴假装咳嗽一声。

“第一件事，现在想想都恐怖！”简婕突然换上阴冷沙哑的声音开篇，弄得我和珍儿脊背发凉——

那一年冬天，维珍港忽然下起了雪，这可是大新闻。要知道，维珍港地处亚热带和热带地区，百年难遇一场雪。结果，维珍港发生了一件轰动全城的怪事，珍儿还小，苏老师应该和我一样，记忆犹新。

对！我记得，的确怪得出奇，维珍港的一所小学里出现了一个“转世灵童”，这个男孩儿熟知历史，能预知未来，特别善于破解命案。电视台还专门做了一档万人空巷的节目，一共 10 集，每集节目中，男孩儿都能揭示一桩杀人命案，找到一具被掩埋的尸体，事后经警方查证，都是多年来悬而未决的失踪案。

这些失踪者均为 15 岁至 30 岁之间的女性，属于中产阶级家庭，在上学或者上班的路上失踪，最后被虐待致死。

然而不久之后，这个孩子被发现在家中死亡，而他的死究竟是自杀还是他杀，也成了未解之谜。

那一年与其说是下雪，不如说是下冰雹，我们一家人正在看转世灵童的节目，很久没回来的简娜忽然回家。

那段时间，简妮死了，母亲无心外出工作，父亲更加贪赌无度，我们家每况愈下。

过了没几天看新闻，说郊区的山上有一个人被土雷炸死了，尸体都炸飞了，而这个人就是总和简娜混在一起的“阿青”。

没多久，简娜勾搭上一个老头，人模人样地又回来了，那老头叫路易刘，外籍人士，70 多岁了有点钱。后来人家的儿子、女儿打上门来，说简娜把老头的钱给骗了，一群人拉拉扯扯的时候，路易刘心脏病犯了，然后就死了，这件事算第二桩人命案吧。

不过第三件事，就是真正的命案了，简娜也因此而死——

简娜出去混社会，成了一群小混混的首领，在维珍港的大街小巷组织游行，顺便找茬打架。

简娜小时候学过武术，身手相当不错，所以每次打架都冲在最前面。

有一天，她慌慌张张跑回家收拾东西，我听到她告诉母亲，警察如果来了，就说她没回来过，她摊上了“一点事儿”，要先避避风头。

谁知道她还没来得及跑呢，警察就来到家里把她带走了。后来才知道，简娜的一个手下提议绑架小孩儿弄点钱花，物色了一个对象。简娜带着人把孩子抓了起来，塞进一个旧木头柜子里，藏在废弃的涵洞里，结果那个孩子被活活饿死，身上仅有的 20 块钱也被抢了。

我们家虽然家道中落，但母亲常偷偷给简娜和简妮零花钱，谁知道她竟然为了 20 块钱杀了人！

最后简娜被枪毙了，因为她刚满 18 岁。

2

带着一丝凝重，我出发了。

必须承认，这是一个热情如火的姑娘，第二次看到简娜，我都被她衬衣下面就要迸裂的欲望感染。

这是一个肉欲的女孩，简娜有着非常与众不同的胸部，浑圆紧实，至少F罩杯，肩膀也厚厚的，身材和几个姐妹都不同。她剪了一个前边长后边短的发型，遮住大半张脸，吸引了所有目光到她的胸部。

这时候的简娜是十四五岁的样子，正和一个男孩儿在巷子尽头的屋檐下接吻，她的双手捧住男孩儿的脸，身体完全压在他的身上，男孩儿的后背死死地顶在路灯柱子上，可能是因为站立不稳，也可能是过于紧张，腿颤巍巍的。

这男孩儿明显比简娜小，个子不高，但五官异常精致，长长的睫毛遮住了羞涩稚嫩的眼睛。

这次我化身为一位拄着拐杖的老头，中风和关节炎让我半身不遂，我的身上发出老人家才有的霉酸味，可能是因为没有勤换洗的衣服散发出来的。

我不知道自己叫什么，从哪里来，到哪里去，我也没兴趣知道，因为这些不重要，在一个夕阳西下的傍晚，我不过是坐在路边看热闹打瞌睡打发时间的糟老头，谁也不用在意我叫什么名字。

我其实还蛮喜欢这样掩护性强、缺乏侵略性的身份，因为我可以不受排斥地隐入人群，靠近唤回人。

简婕应该就在不远的地方，我在她的记忆里，就一定能看到她。扭了扭已经僵硬的脖子，透过浑浊的眼珠寻找，果然，对面就是简婕家的小楼，我曾经来过，现在简婕正躲在窗子后面张望，我们对视上了。

我抬了抬腿，事实证明它还能动，我必须赶快站起来，走到简娜身边，告诉她那句话。

这是个秋高气爽的日子，虽然嗅觉不灵敏了，我还是闻到了空气中浓郁的桂花香气。这个时代的维珍港我来过几次了，人口没现在这么多，也没有这么多的汽车尾气。我忽然决定下一次要待得久一点，我甚至想在这里住上几天，如果可以的话——这里离我以前的家不远，真不知道我能不能遇到以前的自己？

自己遇见自己？

这样想着我也开心起来，遇到自己会是多么有趣的事情啊！

可我转念就明白了，除非委托人曾经遇见过“我”，否则我没法在他的记忆里遇见曾经的自己。我眼前的世界既是真实的，也是虚幻的。

但我还是发自内心喜欢此刻的城市，没有那么多高楼，这种熟悉的感觉也唤起了我的记忆，好像喝了一杯暖暖的丝袜奶茶。这是父亲第二次连任总督的时代，他一心发展博彩业，到处寻找维珍港经济发展的破局之道。

不过此行注定是失败的，看看我，一个糟老头，行动也不方便，我怎么能说服正搂着小男朋友亲热的简娜跟我走呢？

“你喜欢这样吗？”简娜霸气地压着男孩儿。

“喜欢什么？”

“就是这个呗！”

“这里还有人呢……”

简娜瞄了我一眼，视而不见，依然追问男孩儿，你喜欢我亲你不？

“喜欢……”一个小得可怜的声音。

“那你跟不跟我们去跳楼？”

听到“跳楼”两个字，“我”抬起头。

“非要去吗？”小男孩语气艰难。

“你说呢？为了赶走殖民者，为了理想，你就不能奉献自己吗？”

3

我只能提前回来了，这次化身的人物没办法与简娜交流。更重要的是，“我”的腿脚实在不灵光，追不上小鱼一样鲜活滑溜的简娜，她和小男友已经跑了。

等简婕醒来，我急急地问她，“跳楼是怎么回事，她跳了吗？”

简婕用手拍拍眼角清醒过来，才笑道，“苏老师，她不仅跳了，而且还搞了一个轰轰烈烈的集体跳楼！我讲过，不要用正常的思维去看待简娜，这世界上可能没几个人能搞懂她在想什么，我也无法为您解释。她醉心于反殖民运动，已经走火入魔，就差六亲不认了。”

珍儿瞄了我一眼，偷偷观察我的表情。是的，我是前总督的女儿，反殖民运动是针对我父亲和他领导的殖民政府的。这一运动确实伴随着我父亲整个执政生涯，他还因此受到枪击，最后捡回一条命，我们兄弟姐妹也一直在严密保护下生活。左立也曾是反殖民运动的青年领袖，虽然我们极力回避政治这个话题，但我们之间的爱恨情仇就是与政治息息相关。

可是今天，我却要唤回一个反殖民运动头目的灵魂。不过还好，我无心政治。

“那我们再去一次，你能带我去简娜跳楼的现场吗？”

简婕看着我，点头答应。

稍作休息再次出发，我冲出黑暗，一步就迈进了刺眼的阳光中，感官还没完全适应，一股强风差点把我吹倒。

定睛一看，直吓得我腿肚子抽筋，就差活活把心脏吐出来！

我果然来到了跳楼现场！而且我正站在一栋十几层高楼的屋顶！

我是个男孩儿，形容不出来的普通男孩儿，半大小子，没有镜子我不知道他的长相，衣服也一般般，膝盖隐隐作痛，可能受了伤，这些都不重要了！因为我的脚踝被一根粗粗的麻绳紧紧捆着，和我并排站在一起的还有5个人，简娜正挽着我，和她亲嘴的那个小男孩儿站在她的另一侧，我们的脚都被绑着，固定在楼顶一个锚一样巨大的粗铁桩子上。

再往楼下看，下面站了至少上百人，全都抬着头看我们——这当然好看了，集体跳楼可是千载难逢，多么精彩呀！

“今天，是一个重要的日子！”

就着大风，简娜在我的耳边吼道，她的长头发被风吹起来，呼啦一下子扫在我的脸上。

简娜拿出早就准备好的鲜红色的条幅，依次递给我们，边上的两个人紧紧地扯住，我看到自己身下的条幅恰好是“强盗”两个字。

“我们这些勇士会被载入史册，我们会成为伟大的存在！这一跳，代表着自由，代表着抗争，我们向往自由！”

喊口号的时候，简娜捏着条幅紧紧握着我的手，指甲都嵌入我的肉里，分不清她是激动还是害怕。然后简娜看向我和大家，坚定地说道：

最后的时刻终于来了，我们不要害怕，要记住我们的誓言，成为追求自由的勇士！

跳！

我还没来得及大喊“不要啊”，简娜和绳子已经把我扯了起来，随着一股强大的重力，我和其他5个人一起尖叫着，离开屋顶，扑向地面……

还没体验令人窒息的失重，又一股强大的力量猛地扯住我的双腿，好像要把双腿和上半身活活撕裂的剧痛贯穿身体，势能全部集中在脚踝和大腿根处释放，瞬间有筋骨断裂的感觉。

这是一根没有任何弹性的绳子。

我知道简娜经受了和我一样的疼痛，她猛地夹住我的手臂，这股冲力确实太大，我的手臂甚至透过她饱胀的乳房，触碰到那下面的肋骨，估计她也要疼死了。

都顾不上了，也就是转瞬间，我们6个人像蝙蝠一样倒挂在屋檐下面，剧烈的耳鸣和眩晕让我已经分不清天与地，南与北。

掌声和尖叫同时响起，我看到下面那些看客在欢呼。

简娜喘着粗气，激动地对我喊:“我们成功了，是不是？我们是真正的勇士！”

不知道怎么，我竟然也被她感染，忘乎所以起来:“是的！是的！我们成功了！”

此时，我突然想起了此行目的，还有比这用生命换来的机会更好的吗？

我紧紧抓住简娜，大声喊:“简娜，如果有一天，我喊你的名字，你一定要跟我一起走！”

简娜还沉浸在极度的兴奋中，她倒挂着，身体恣意地荡漾着，大声回答:“好的！我一定跟你走！我们一起去自由的世界！”

4

冲出黑暗，我的腿成了煮熟的面条，几乎是爬着回来的，睁开眼睛，珍儿已经焦急地蹲在我身边。

“没事吧？您一直尖叫呢！”

我摇头，没事。简婕还没醒，我示意不要吵醒她，浑身被汗水湿透了，我要洗个澡。

细密温暖的水珠包裹着我，从头顶一直到脚趾尖，这是最舒适最放松的方式，我一边享受着最爱的热水澡，一边重温刚才的情景——

我这辈子也没有蹦过极，我有严重的恐高症，可是今天我却跳了，在一个没有任何安全措施的楼顶，脚上捆着一条麻绳，和一群陌生的“自由勇士”一起跳了下来，这个经历我会终生难忘！

我一直在默念简娜的名字，好奇怪，我竟然无法把她的影子从脑海里磨灭，虽然我知道她是一个可怖的杀人犯，但我对她就是恨不起来，甚至还有种马上再回到她的身边，看看后面又发生了什么奇遇的冲动。

简娜究竟是个怎样的女孩，竟然这样令我沉醉？

我说的是“沉醉”这个字眼吗？

多年前，我只用它形容过左立。

也许感染我的，不是简娜神经病一样的任性胡为，而是她对理想的渴求。我无意再去赘述理想的意义和价值。这应该也是我深爱左立的根源，一个浑身正能量，并时刻向周围散发耀眼光芒的男人，对任何一个女人都是致命的诱惑。

不过，忧伤又把我包围了，对，是唯唯。

唯唯也是从楼上摔下去的，可是，她的脚上没有绳子。

依然没有人相信，是我痛下毒手！

我再说一遍，这个世界上的确有一种狠毒的母亲，她自私无情，在她的精神世界里只有她自己。这种母亲会去残害自己的孩子，我就是这样的母亲。

是我在极度愤怒和恐惧之下，把无辜的唯唯当成一样物品，随手扔出露台……

而我为什么会恐惧，因为我的心太贪婪。

在我拼命努力却得不到一样东西的时候，我会丧失原有的心智，变得狭隘阴暗。越贪婪，越狰狞。

而我为什么会盛怒，因为我的心不自由。

我想控制自己的情绪，但又不会释放负面的能量。所以当我被某人激怒，就会立刻变得歇斯底里，做出完全不计后果的事情。

成为恶魔。

5

这是公审大会的现场，大半个维珍港的人都聚集在街道上。

这一次要被枪毙的，是一批罪大恶极的犯罪分子，简娜也是其中之一。

所有的犯罪分子五花大绑游街之后都会被带到维珍体育馆公审，然后在城郊法场执行枪决。

我多次建议父亲取消这种不人道，令人丧失尊严的死亡方式，当时的父亲不予接受，他认为公开地惩治犯罪分子，是给其他有犯罪意图，或者准备实施犯罪的人的严重警告，非常有必要！

直到唯唯死后，父亲才推动了这项改革，维珍港最终取消了公审和枪决，改为注射死刑。

现在就是去枪决的路上了。

我被激动的人群包围，除了荷枪实弹的警察，穿梭其中的便衣，人群中还有兴高采烈看热闹的，有义愤填膺骂骂咧咧的，有受害人的家属哭哭啼啼的，有反殖民运动的成员成群结队举着牌子喊着口号的，还有小商小贩穿梭其中吆喝卖小吃和望远镜的。

简娜被五花大绑，胸口挂着一个大牌子，站在第三台车的车头，两个女警押着她。

即便是一件最普通的白色宽松囚服，依然掩盖不了年轻丰腴的身材，简娜的头发被人胡乱地扎在脑后，用个黑白色的橡皮圈箍住，就像头发上盘踞着一条动弹不了的小蛇。

“简娜！简娜！”

我听到人群中不断有人大喊她的名字，不少人一边咧嘴大哭一边随着她的囚车慢慢向前跑。有人摔倒了，但还是更多的人不断从四面八方聚拢过来。

“不要哭！你们都不准为我哭！勇敢一点！”

简娜深情地望着这些正为她哀恸的人，目光柔和又坚毅。

我的灵魂也从人群中抽身出来，一跃来到简娜的囚车，飘荡在她的周围。

“反殖民运动要继续下去！你们要坚持！千万不要放弃！胜利会属于维珍港人民，属于每一个你！”

简娜继续喊着口号，看到民意沸腾，她也开始挣扎身子，想和不断聚集在囚车旁的支持者挥手，警察开始挥舞警棍，手拉手挡住简娜的支持者，囚车上的女警也赶紧摁住了她。

我多次强调，自己不关心政治，父亲的刻意保护更加让我远离了政治。

我曾经倍感纠结，维珍港经济发达，民众安居乐业，这些革命者为什么整天鼓吹反殖民，和我们“仁慈的母国”作对？甚至一副视死如归，大义凛然的模样。

父亲领导的政府所作的每一项决定都要充分听取民意，政府的行为除了受到宗主国的监管之外，全方位地接受民众的监督，在双重监管之下，政府清正廉明，极少贪腐。这样的国家，即便在全世界范围来看，也应该是典范。

我对左立表达过这种不解，虽然他也苦口婆心地试图说服我，可最后只能无可奈何地说出四个字：求同存异。

但是，我在简娜身上却看到了一种扑面而来的力量，让我欣赏和认同的力量，甚至让我以全新的视角审视反殖民独立运动，即便她的所作所为我不能完全理解，可我依然渴望把她的灵魂带回人间。

6

法场枪决之后，我第一个来到简娜身旁。简娜胸口连中三枪，身下汩汩地流出鲜红的血液，整个囚衣被染成红色，简娜仰面在地，手指和眼皮还在抖动，嘴唇也在翕动，似乎还在自言自语。

她的眼睛凝视着天空，瞳孔的光芒却在逐渐暗淡……

我真想用手按住她的伤口，或者扒开她的胸膛，取出那几颗滚烫的子弹，不让她的血液流尽，可我什么也做不了，我没有带来肉体。

是时候了。我听到了灵魂抽离肉体时发出的艰难的摩擦声，开始呼唤："简娜，请跟我走。"

我俯身在简娜的耳边，把握着最好的机会，继续呼唤她的灵魂："简娜，你答应过我，现在请你跟我一起走！"

我耐心地一遍一遍默念，可是，迟迟没有收到回应。

难道又失败了吗？

我的灵魂也有点慌了手脚，不可能呀，简娜明明已经答应过我了！为了提醒她，我继续呼唤——

你记得吗？我们曾经一起跳楼，跳下来之后，你答应和我一起走，就是现在了，简娜，让我把你重新带回人间，相信我！

可还是没有任何反应。

"简娜！简娜！"

我急了，开始大喊大叫起来，虽然这呼喊现实世界完全听不到，但我真的是声嘶力竭。

因为我看到法医已经走过来查验枪决的结果，简娜的眼球已经变灰，她正在死去，灵魂应该已经出窍，如果这时候还不能唤回，灵魂会马上出发飘去荒芜之地，到那里唤回的难度就更大了！

"苏老师！快醒醒！"我正在迷失之际，这个时空忽然传来珍儿焦急的呼唤，她已经把我叫回来了。

“又失败了。”

我垂头丧气，我唤不回来。

这怎么可能呢，明明已经和灵魂达成约定，而且我又在她死亡的现场，就在肉体旁边，看着她一步一步死去，可我却唤不回！

珍儿看着我疲惫的神情，心疼地说：“苏老师，您先休息吧，我去告诉简婕。”

轻手轻脚走到外面的房间，珍儿关上我的房门。透过单面玻璃，我看到她一脸歉意地向简婕解释。

突然，不，也许是我的错觉。

我怎么会捕捉到，简婕脸上的那一丝淡然得意？

7

珍儿，你听说过统计学中的一个重要名词——方差吧？

今天正好可以给你讲讲，我的上两次唤回失败就是方差。

简娜的灵魂唤回失败之后，接连几日我给自己和珍儿放了假，简婕三个妹妹的唤回暂告一段落。我已经失败了两次，是时候透透气，也该给自己找个台阶。

我带着珍儿来到了最喜欢的海鲜店，就是上次偶遇何念的地方，两个人一起吹着风扇，喝着甘蔗汁，全力对付眼前这一大锅海鲜。

面对饕餮盛宴，整天嚷嚷着减肥的珍儿也撸胳膊挽袖子，拿出大干一场的劲头。老板娘也爽快，见我带的小美女两眼放光，直咽口水，赠送了双料的分量，换了一口大锅子，各种海鲜堆得冒了尖。

趁酱汁“刺啦”入锅，我打开了话匣子——

珍儿宝贝儿，首先你认同我的灵魂唤回能力，知道我帮助过很多人，你亲眼见的成功案例也很多，但是，我还是会失败。

每一次灵魂唤回对我来说也不是完全有把握，相对我比较高的成功率，依然存在失败的可能，这就是方差。

方差是统计学的概念，但也是一个迷人的概念。

比如现在你正痴迷的 21 点赌戏，我是算牌和记牌高手，所以在与庄家对决的过程中，我占有一定优势。不过，我依然受来自运气所产生的方差影响，甚至某一个时期天天输钱，只是长期来看，我占有技术优势，赢钱概率高一点。

方差让这个世界充满了不确定性和未知性，甚至可以说，方差让这个世界更加丰富多彩。

我的这席话让珍儿饶有兴趣，她一边把扇贝饱蘸汤汁大快朵颐，一边眯着戴了美瞳的眼睛："苏老师，我们现在只剩下简冰了，您这次不会还遇到方差吧？"

我咧嘴笑："不排除这种可能！但是连续两次失败对我来说已经是小概率事件，第三次失败的可能性更小。"

在历史事件中，你可以看到未来。

"可是，不对呀！"珍儿又把鲍鱼丢进嘴里，"苏老师，您不是告诉过我嘛，每一场赌局都是全新的，上一场的结果对下一场不会有任何影响，不是说您已经连续失败了两次，第三次就一定会成功的呀！"

"好家伙，在这儿等着我呢！"我只好苦笑，"你没说错，概率论的原理是这样的。但你别忘了，你的苏老师是个好面子的女人，万万不能连续失败三次，砸了招牌。所以简冰的唤回我会比平时更加全力以赴，成功的概率也就更大！反正你就拭目以待吧！"

珍儿挤挤鼻子，舔舔嘴唇上的酱汁："但愿吧。"

8

简婕还没露面，珍儿的父母却先找到了我。珍儿母亲是夏敏的堂姐，说来都很熟悉，这位平日里温和的母亲哭哭啼啼，想请我帮忙一起劝劝女儿。

原来珍儿和父母坦白了，以后不要再安排相亲，自己已有男友了。我也恍然大悟，难怪这段时间小妮子醉心打扮呢！

“那怎么不带回来给我们看看呢？”父母惊喜，珍儿扭捏了半天才招供，男友年纪不小，比自己大了 20 几岁。

“怎么可以呢！你是找男朋友还是找爹？”

保守的父亲大发雷霆，坚决反对，母亲也不乐意。谁知道倔强的珍儿竟然和父母杠上了，威胁说父母不同意她就搬出去，再不同意就立马结婚。

子女的恋情不称心，婆媳关系不融洽，婚内爱情不持久，这些都是亘古以来，人类难以回避，又无法解决的难题。

大家常说活着就是修行。所谓修行，无非是接受这个世界的不完美，并与之和睦相处而已。而这些并非原则性的问题，比起硝烟战争，比起大是大非，是那么的微不足道，所以大多数最终以妥协为结局。

我只好先安抚珍儿父母，珍儿是个独立又有个性的孩子，硬碰硬适得其反，咱们现在必须和孩子斗智斗勇，我先见见那个人，一定把好这个关！

于是，在我的强烈要求下，珍儿带回了那个男人，但刚一见面，我就愣住了。

“是你？！”

满脸通红的珍儿牵着一个看上去只大她五六岁的男人来到事务所，娇羞地介绍:“苏老师，这就是我的男朋友——警察署何念警长。”

“意外吗？”何念倒是比我镇定，“天天听珍儿提起苏黎，我还以为重名了，那天在海鲜店碰到你，没想到这么快就再次见面了。”

“这个世界真小呀！”珍儿兴奋地感慨，“没想到你们竟然认识！这下可好了，说服我父母的任务就交给苏老师了，看来您一定不会反对。”

“你怎么知道我就不反对啊？”

一边招呼何念坐下，我一边责怪珍儿:“谈恋爱确实是你的自由，和谁交往也是你的自由，但一定要体谅父母的感受，心平气和地沟通，你有什么权力威胁父母呢？”

“可我们是真心相爱……”

见我语气从未这样严肃，珍儿眼泛泪水，右手紧紧抓住何念的左手，就像准备接受惩罚的小女孩儿。

何警长也惭愧一笑:“真不好意思，其实我也知道，我和珍儿的年纪相差得比较悬殊，她的家人反对可以理解，但我们确实真心真意难分难舍，还希望苏黎你可以帮帮忙……”

“帮忙可以，但你必须亲自登门，用诚意打动珍儿的父母。”

“那是肯定的，我也正准备这样做。”

正在这时，珍儿桌上的电话响了，房间里只剩我与何念两人。世界一下子安静下来，尴尬油然而生——

何警长和我之间有一种默契，我们都不谈及唯唯。上次在火锅店我夺路而逃，就是因为不想和他说起往事。

可是除了唯唯，我们也没有别的话题。

唯唯是在何念的怀里死去的。坠楼之后，何念是最先赶过来的警察，是他把满身是血的唯唯抱上救护车的担架，眼看着她停止呼吸……

为了调查唯唯坠楼，我们结识。在我身心饱受煎熬的日子里，我固执地拒绝了一切亲人朋友的抚慰，最终陪伴我最多的，竟然是素昧平生的一名警官。

我能感受到他对我产生了复杂的情愫。

但是，我的心已随唯唯的死而冰冷，更何况还有与左立纠缠不清的爱恨情仇，何念也明白适可而止的道理，最终在我身后，关门，离开。

“我和珍儿的事，你真的会反对吗？”何念打破了安静。

“不会。我会真心实意地祝福你们。”

9

送走男友，珍儿回到我身边，还没等我发问，就迫不及待地拉住我——

苏老师，我见过他，很早很早就见过，在我的记忆深处。

重逢的一刻，在人群之中，我一眼就认出他来，从此，我的眼睛里，我的心里，都只有他一个。

我了解父母的喜好，他们希望我找个门当户对的青年才俊，所以我一直很苦恼，但对自己无能为力。苏老师，您能理解这种心情吗？

怎么会不理解呢！

我曾经深爱左立，耗尽了体内每一个细胞的能量，如何不理解呢？

“那他爱你吗？”

我凝视着珍儿幼嫩的皮肤闪耀的珍珠光泽，不禁想起了当年和左立度过的分分秒秒。

“从我们目光交汇的那一刻起，我知道他也深深爱上了我。何念也说，恍如隔世，蓦然重逢，就是这种奇妙的感觉！”

珍儿眼圈红了，“苏老师，您知道何念还说过一句什么话吗？他说，如果早知道46岁才能遇见你，我一定选择做一个处男。此生，不让任何女人玷污我的身体……”

真好！

我由衷为珍儿高兴，因为在我的眼里，珍儿虽是助手，但更像女儿。何念今日已经是维珍港警察署的警长，除了年纪稍长之外，我了解他的品性，一定会是负责任的好老公。而且我今天才知道，何念原来一直独身，仿佛就在苦等珍儿。

他们已经深爱到如此境地，即便在我面前，也眼波痴缠，分别一刻，我从落地玻璃的反射看到两人躲在柜子后面拥吻。

真好！

我反复念叨这个词，有如沐春风的喜悦，忽然间眼睛却湿润了。

我也想起左立曾经对我说的一句话——

那是个细雨清凉的夜晚，我们两人光着身子站在小雨里，左立抬起我的下巴，久久凝视我的眼睛，把我搂进怀中：“这雨星星点点，而我对你的爱却滂沱如注，雨会停，而我对你的爱不会。”

这段话音犹在耳，如今却物是人非，我心里感叹，不由又有惆怅涌上心头，头顶上正好应景地飘下一根脱发，落在我的手腕上，我很想给周媛再写一封信。

10

苏夜来事务所找我，左立和夏伟业在楼下车里等，不过这次竟多了一人，舒大师！

上次我们到他家做客，道别之后苏夜坚持要回去看看，夏伟业调转车头，我们四人杀了个回马枪，果然把正在脱衣服的舒大师和英伦女徒弟洛丽塔堵在床上。

好笑的是，当时最尴尬的却不是舒大师和洛丽塔，反倒是满脸猪血的苏夜和夏伟业。我只记得夏伟业小声呵斥妻子，你现在终于满意了吧？！苏夜一张黑桃Q脸，把身子扭向一边。

什么情况？我问左立。

左立笑而不答，要我也不要去管了。

“真没想到他有这样的爱好。”我递给苏夜一杯咖啡，慢条斯理地收拾桌上的卷宗。

“你是指外国女人还是去赌场？”

“两者兼有。”

“这有什么稀奇？”我妹妹俏丽一笑，“现在还有哪位大师不吃嫩草的？此人既非圣人也非神物，不是和尚也不是道士，只是一个有七情六欲，也要吃喝拉撒的普通男人。洛丽塔回国了，我一约他，马上赴约。”

“原来是你约他，我还以为是夏伟业。看来你现在口味变了，又喜欢这种故作神秘的男人了。”

苏夜一笑，不置可否。

一顿大餐之后，我们慢悠悠地走进酒店，我知道“规定动作”又开始了：我们会各自在房间睡上一觉，零点准时在大厅的赌场会合，玩到天亮。

真不记得我们这样度过了多少个夜晚，在我和左立最开心的日子，我们玩命地消耗青春的荷尔蒙，每周总要与同样热恋中的苏夜和夏伟业聚上两次。

可我和左立怎么舍得把宝贵的时间用在房间里睡觉？

无休止的亲吻、爱抚之后，我们马上就开始新一轮的激情。

一次接一次的达到顶点，再慢慢地下沉，直到午夜来临，苏夜不停地拍着我们的房门，才恋恋不舍地离开房间，但是即使在电梯里，还是额头碰着额头，舌尖触着舌尖。

我们每次都玩 21 点。

我们每次都在竞赛。

苏夜和夏伟业，我与左立，每组 1 万维珍币，每人 5000，直到凌晨分出胜负。

我和苏夜都是算牌高手，研究天体物理的苏夜甚至比我还要犀利，夏伟业和左立属于个中老手，也是差强人意。我们每个人虽然需要单打独斗，但每组都有专属的暗语通风报信，更有各自的策略需要团队配合。

一边进攻，一边阻击，这是我与左立惯用的技巧。

21 点的赌局中，通过算牌，我们能预知下一张牌出现数字、花牌或者 A 的概率，通过是否继续要牌，尽量保存自己的胜利果实，同时控制对方和荷官拿到他们想要的牌。

由于我们的赌局实在过于精彩，我们光临的赌场都会派出最好的荷官提供服务，而我们也从未给赌场带来任何困扰，因为我们从来不带走任何赢得的筹码。

这就是一场纯粹的游戏，在一个嗜赌的父亲所生的两个女儿之间，一场场难分胜负的赌局。

可惜，这一切因为唯唯之死而终结，我退出了，前两年才开始回到他们的视线中。如此巨大的转变，以重新接纳左立为转折点——从形同陌路到心平气和，这种转变极其突然和剧烈，成为众人嘴上和脚上都不好挑破的水疱儿，只能顺势而为。

今夜，我们四个人时隔 20 年再次走进赌场，却多了一个人。

我觉得他们是故意的，舒大师的加入帮我减轻了分组竞赛的尴尬，我与左立已经不复从前，不能再组队了，今夜的赌戏，改为每个人独立进行的普通游戏。

我和苏夜正在帮大家换筹码，手机响了。

竟是何念！

10 分钟之后挂上电话，我却陷入难以名状的不安之中，连手中滚落的几枚筹码，都不见了踪影。

第四章　简冰

1

珍儿不幸言中了，第三次唤回，我又以失败告终。

“方差，还是方差！”

珍儿安慰我，我却恼羞成怒——究竟哪里出了错呢？一切都是按照计划准确实施的，怎么就是唤不回来呢！

我又开始揪头发，这是我从学生时代开始养成的坏毛病。压力大的时候我还会啃指甲，扯嘴唇上的皮，以至于现在我的指甲还是乱七八糟，嘴唇经常伤痕累累，前额都有点秃顶。

我在心里反复梳理着简妮、简娜和简冰的唤回过程，越来越想不通。

简妮任性刁蛮，简娜放荡不羁，但是在我和她们的接触中，我还是成功取得她们的认可，同意和我一起走，而且我都到了她们死亡的现场，按理说更有利于唤回，可是她们的灵魂怎么最后都变卦了呢？

尤其是简冰，怎么可能呢？

珍儿看着我的桌前飘着一层头发，真怕我就此变成秃头，赶快给我减压：“起来走走，苏老师，我发现了一家好吃的店，叫上左叔叔，我们去试试看！”

没几分钟的工夫，左立就冒了出来，我真怀疑他一直住在事务所的门口，才可以这样随叫随到。左立和珍儿拿起我的包，牵着我就走，我像机器人一样随着他们的脚步，耳朵听着他们有说有笑，脑子里却全是简冰——

我真得好好想想，究竟哪里出了错？

简冰是那种笑起来不肯露齿的女孩，在简婕的三个妹妹中，我最喜欢她。

和骑自行车一样，拼命蹬就可以骑得飞快，但是又慢又稳就需要克制和技巧，人的情绪不加约束也可以恣意泛滥，但过度泛滥就成灾了，比如洪水和猛兽，简娜和简妮就是反面教材。

在简家四姐妹中，简冰毫无疑问是最出众的，不论是长相还是品性，但她温和的做派收敛了光芒，在简娜和简妮的闹腾下，更显弥足珍贵。

在简婕的记忆里住得久了，简冰的模样在我眼前也慢慢清晰起来。

我不确定简婕喜不喜欢她，但这确实是任谁都会心动的女孩儿。

就那几件棉质衬衣，洗得发白的裤子，有点泛黄却干干净净的布鞋，每件不起眼的物品在简冰身上都会散发出淡然的光泽，映衬着她含蓄的微笑，白皙的面庞，配合那条扎得高矮适中的马尾，袅袅的身姿，静静地摇曳着。

在简冰身上，我甚至能看到唯唯的身影，那是还属于婴儿的纯净，不沾染男女气息的浑浊。

我决定在简冰身边停留得久一点，这样做是有风险的，但我就是想多看看她。

2

但简婕聊起简冰却最是轻描淡写，反倒激发出我的好奇，珍儿能洞察我内心的一切，立刻追问起关于简冰的细节来。

“好吧！”简婕又带着不耐烦，“简冰，是我的二妹妹，我们两个同岁。”

“你们是双胞胎吗？”

“不是。”

“是领养的吗？”

简婕微舔嘴唇，其实我们的家庭是重新组合的，在我 4 岁时母亲去世了，我随父亲过来，简冰随她母亲，她没有父亲。

新家组建之后，简娜和简妮出生了。简冰是后来改的姓，所以我们四姐妹——简婕、简冰、简娜、简妮，只有她的名字不是女字边。因为在这个家里，我们两个是没有任何血缘关系的孩子。

“原来如此！”

我与珍儿对视，这么重要的信息简婕却一直没有告诉我们，难怪我一直无法理解简娜和简妮怎么如此嚣张任性，原来在这个家里，父母双全的孩子会更加肆无忌惮。

“简冰和我同病相怜，我们一直没有归属感。从小到大，家里对外面一直说我们是双胞胎，所以小学到高中我们都在一个班上，甚至上了大学，我们也被分进了同一间寝室。”

“你们有点像彼此的影子。”

简婕一惊：“珍儿的这个说法很贴切！这么多年我一直想定义我与简冰的关系，看来的确是像影子。”

“那你们的关系肯定不太好。”珍儿语气笃定，“两个没有血缘的女孩子，不得不对外说是双胞胎，父母的矛盾，彼此的竞争，孩子的小心眼每天这样沉积着，关系怎么能好呢！”

简婕闻言不悦：“珍儿小姐，我刚才的确非常佩服你的表达力，但是，请不要揣摩和主观臆断我与妹妹的关系。事实上，我非常爱简冰，她也爱我，我们是世界上最好的姐妹。”

珍儿不再接茬，只是有些不服气。

简婕又云里雾里地扯了一气，珍儿刷刷地记录着。不知为什么，我又开始神游了。珍儿和简婕的声音越来越远，扭曲变形，出现变速和变调，延迟和回声，仿佛从黑洞中穿越而来，与我不在同一时空。

3

这段时间恶心和心悸更严重了，肚子里的气体上蹿下跳，最后集中在右侧肋骨下，变成越来越重的钝痛。我知道自己时候不多了，必须以最快的速度离开黑暗，在冥想现场也不能久留。

好几次因为身体不适，在冥想中途我就放弃了，因为这的确是筋疲力尽的考验。珍儿联系了夏敏院长，她也无可奈何，我就是不肯接受系统检查和治疗，除了劝我少接委托，就只能劝“多休息”。

我不能停下来，因为“灵魂唤回”是我生存下去的动力。

每次接受委托之后，在冥想阶段我都会到荒芜之地一遍遍呼唤唯唯的名字，因为我确信总有一天，我会亲自带回女儿的灵魂，给予她重生。

所以只要唯唯还没有回到人间，我就不能停止。

在几秒钟之内弄清楚周围的环境，弄清楚自己的身份，这很关键。在这之前，我绝对不会乱动，更不会发出任何声音。

这是经验之谈。

如果从黑暗中走出来，你发现自己挂在高高的树上，下面堆着尖石头，或者在几千人的礼堂，嘴对着话筒，就会明白我说的意思。

为了不把自己置于危险的境地，或者造成不必要的恐慌，我必须让这位“当事人”被其他人认为，他或是她只是愣了一下神而已。

但是这次，忽然而来的剧痛让我禁不住尖叫起来！

又一阵强烈的坠涨、胸闷和耳鸣撕裂着我，让我根本无法分辨身处何处，自己是谁。

在疼痛的间隙，我喘着粗气，用最后一点能量环顾四周——这是一个黑漆漆的房间，没有开灯，外面透进了一些光亮，可能是走廊。这里好像是哪里的厕所，因为有滴滴答答的水声和排泄物的气息。

“再不开门，我们真的喊人了！”一个女孩声音焦急。

“你真的没事吗？”另一个女孩的声音，我听出来是简婕。

我知道不能一直这样耗下去，我的身体就快不能承受了，只好用尽全力站起来，这才发现，自己果然一直蹲在厕所的坑上，手边有个带把手的木门。

“天哪！姗姗，你真的打算在厕所里把孩子生出来吗？”

走出蹲位，我认出了简婕和简冰。简婕穿着一件睡衣，头发披散着，简冰披着一条毯子，两个人站在门口，满面担心。

4

扶着自己滚圆硕大的肚皮，忍着一阵阵刺痛和宫缩，我终于搞清楚了，这次我是一个要在厕所里生孩子的女人！

生孩子啊！这是什么节奏？

当务之急，我必须让自己先镇定下来。苏黎，你生过孩子，虽然那是 20 多年前，孤独地躺在产床上，没有任何人陪伴，但我依然记得生孩子时的每一个细节，每一次痛点。我知道叉开双腿，屈起膝盖，微微下蹲的姿势会让我现在好受点。

“去医院吧，姗姗，都这份上了，你瞒不住了！”

简冰把我搂在怀里，身上的毯子披在我身上，抓住我的手是暖暖的。

“徐泽那个混蛋，他还配做孩子的父亲吗？你也真够蠢的，孩子就这样生下来了。”简婕也来扶住我。

我正陷入眼前的困境之中，忽然想起了此行的目的。

我化身在一个愚蠢又可怜的大学女生身上，她就要生孩子了，我感觉到羊水已经破了，孩子的脑袋就顶在胯骨上，马上就要出来，这是两条生命都生死攸关的时刻。

我有经验，应该帮帮这个女孩儿，但是，这段时间我的身体不好，而且生孩子的痛苦我实在不想重温，我在纠结着。

“我还是叫人去吧！”简婕松开我的胳膊，“这事儿不能开玩笑！”

这真是天赐良机啊，我可以和简冰独处，讲完那句话之后我就功成身退了。我已经感觉肚子里面的小生命在做出生前的最后挣扎，便一把扯住简冰，用尽最后的力量——

我刚想开口，简冰却先说话了：“姗姗，有些事情我已经知道了。”

我想问知道什么了，可肚子又搅劲疼起来，张开的嘴巴黏住了。

“是我姐姐吧！那天晚上是简婕灌你喝酒吧？”

简冰痛心疾首：“你怎么那么傻呢？徐泽这个花花公子，仗着是富二代到处玩弄女性。你不知道他们之间达成的交易吗？徐泽得到你，简婕得到徐泽的推荐，到他父亲的集团工作。你是受害者，却固执地生下这个不该出生的孩子，姗姗，你一辈子毁了！”

“简婕怎么会这么做?！”我强忍剧痛问简冰。

“我姐姐是什么都做得出的人，她甚至还杀了……”

“她杀了谁?!”

我想追问到底，耳边却响起杂乱的脚步声和人声，简婕可能已经回来了，没有时间，我只能抓住最后的机会说出那句话：

“简冰，有一天，我喊你的名字，一定要跟我走！”

“好的，姗姗，我会跟你走的！”

简冰带着哭腔握紧我的手：“因为你是我最好的朋友……”

5

等我醒来的时候，珍儿和简婕已蹲在我身边，抽离了姗姗的身体，大脑反射给我的还是疼痛和疲劳。

珍儿满脸焦急，简婕略带歉意。

“苏老师，我不知道怎么就带您到了这个场景里面，您没事吧？”

我强打精神，推开简婕放在我肩头的手：“没事。”

的确，和我经历过的某些完全超出想象的情况相比，这还是小巫见大巫。更何况我根本没打算告诉简婕我的真实经历，即使她刨根问底，我也会模模糊糊，一带而过。

珍儿细心地给我擦汗，就像对待一件古董瓷器，简婕干坐了几分钟，好像应该做出解释一般，再次出声：“姗姗是我和简冰的大学同学，对了，之前说过，我们姐妹俩上大学时是一个寝室的。姗姗被别的系男生把肚子搞大了，在厕所里生了个孩子。”

哦，我喝了一口咖啡，不动声色地问：“那后来呢？”

“姗姗被开除，孩子生下来就不健康，男生家里不要，姗姗自己养活了。”

“那男生呢？”我心疼姗姗，继续追问。

简婕轻描淡写：“他没事。”

我的心在下坠：“他肯定没事，因为他是大企业家族的富二代嘛！”

“不过，这一次，可以吗？”简婕的笑容特别干净。

“可以。”我也回以微笑，“非常顺利，接下来就可以准备唤回了，让我们谈谈简冰死亡的过程吧。”

“那是一场抢劫和车祸——”简婕唉声叹气，“8 年前的一个晚上，简冰下班遇到了抢劫犯，对方抢走了她的皮包，还狠狠刺了她好几刀，然后她被后面开来的车子碾压过去……”

天色越来越暗，窗外维珍港的海面又开始掀起波涛，云谲波诡。

6

珍儿近期迷上一个奇怪的孩子，总是带回到事务所来。

这孩子只有八九岁，听说是大厦楼上律师事务所合伙人的孩子，叫王果。我们珍儿平日不就是孩子嘛！虽然工作上雷厉风行，自己也已经找到了男朋友，却还是长不大的模样，经常嗲声嗲气地讲话，整日里琢磨什么新鲜玩意儿好吃好玩，说一些不着边际的傻话，心理年龄也就是王果这个年龄段。

所以，看着她和这么大点儿的孩子玩得不亦乐乎，一起堆乐高积木，一起玩橡皮泥，一起看手机上最新的动画片，我完全不感觉奇怪。

在玻璃门外就看到两人蹲在地毯上，背对着门，不知道又捣鼓什么呢。

我假装咳嗽一声，径直进了屋，透过两人肩膀，偷看到他们正在摆弄一架遥控飞机，地毯上还散落着拼图和儿童食品包装袋里赠送的小卡片，真是哭笑不得。

“果儿，快叫苏阿姨。”珍儿见我回来，扳起小男孩儿的头，让他和我打招呼。

“苏阿姨好！”不情不愿地，果儿提一下眼皮，嘟囔一句，又开始忙活遥控器。

“你又来了！”我假装黑脸，逗小男孩儿，“谁让你一天到晚来这里玩儿的？”

“珍儿姐姐。”小男孩一点儿也不害怕，大大咧咧头也不抬。

我来了兴趣，也蹲在地毯上，继续逗他：“珍儿姐姐啊？她比你大了这么多，你还和她一起玩，你知道吗，她努努力都能把你生出来了！”

珍儿闻言赶快制止我，“苏老师，您又乱说了。”

“那你让她生吧，把我生出来，我就给她当儿子。”

“可是你已经被你爸妈生出来啦，怎么办？”

“那还怎么办，不给她当儿子，就给她当男朋友吧！”

果儿小大人一样不以为然地回答，手上力度过大，“啪”一下就把遥控器的杆子掰断了，我忍不住幸灾乐祸，笑着用手指点着他的脑门——

“活该吧！人家珍儿已经有男朋友，你这个小屁孩一边儿凉快去！”

哦，果儿抬眼看着我，嗓子眼儿里挤出几个字：“那我就和他公平竞争吧，反正我年轻，更有竞争优势。”

这个臭小子，牙尖嘴利！我没占到便宜，泄愤一般弹了一下他的小脑袋，珍儿有点心疼，伸出手来护着。

“算啦，算啦，你们玩吧！”

我无可奈何，摇摇头，回到办公室。

7

马路上，一个人正从血泊中慢慢站起。

她的脚步踉踉跄跄，手脚就像折线的木偶，昂着下巴，身子前倾，双手努力向前探着，就像学步的婴孩扑向母亲的怀抱，直勾勾地迎着对面开来的小车。

小车司机正和副驾座位上的女友说笑，冷不防看到马路正中间站起来个人形怪物。说她是人吧，摇摇晃晃却更像鬼。满脸不知是血还是泥，瞅不清五官，正迎向自己的汽车！

“什么情况？！”司机双手紧抱方向盘。

“快躲开！”女友吓得捂住了耳朵。

司机正想说“来不及”了，已经真的来不及了。碰撞的瞬间，他感觉到了钢铁和肉体接触的黏腻和柔软，耳膜因为车胎急刹和女人的尖叫产生了共振，一下子听不到声音了。脑海空白之际，那女人就像鞠躬一样，脸和上半身砸在引擎盖上，接着马上又被弹开了，但是血，“倏”地喷了出来。

这突如其来的事故把车上的两人吓呆了，车子也应声停住。

“我撞上了是不是？”

司机带着哭腔问女友，踩刹车的脚掌刚才瞬间麻木了，小腿现在开始抽搐起来。这才看清楚，自己撞的那个人已被弹到两米远的路边，一动不动地趴着。

“怎么办，下去看看吧？”

“看什么，快跑吧！”

稍微犹豫之后这辆小车加大油门，仓皇逃走。紧接着又有车经过，其中两辆躲闪不及再次从女人身上碾过……

这是简冰死亡的现场，我隐藏在树木黑暗的阴影里，注视这一幕发生。

很奇怪，我怎么到了这里？

没有时间多想，我飘然来到简冰身边，看她的模样，不由想起了简娜，这对姐妹用一种类似的方式告别这个世界——血流成河，死不瞑目。

简冰的手臂瘫在地上，柔软白皙，让我想起她的职业，长年累月的磨炼最终成为一名优秀的舞蹈老师。血水正渗入她颀长的指甲，好像涂了暗红的指甲油，让我心生怜惜。

我说过，我喜欢简冰。

“简冰，如果有一天我喊你，你一定要跟我走，记得吗？”

听到我的呼唤，濒临死亡的简冰忽然抢吸了一口气，艰难地眨眨眼。

“简冰，就是今天了，等下一定要跟我走。”我伏在她的耳边，真想帮她把身体移到路边，如果能给她做急救就更好了！可是，我不是救世主，改变不了历史，我的灵魂连一丝空气都拨弄不动。

简冰用尽最后一点力气点头，血水顺着嘴唇涌出。

“简冰……”

从冥想中醒来，我一言不发，珍儿在我身边，一睁眼就看到她焦急的神情。

“苏老师，您没事吧？”

我惊恐未定，刚才发生的一切太匪夷所思了，我几乎回不来了！

就在简冰咽气的瞬间，我开始召唤她，可奇怪的事情发生了，简冰忽然剧烈地颤抖起来，影像变得越来越模糊，与此同时，一股巨大的力量，好像黑洞一样拖着我冲向黑暗，让我快速旋转，迷失……

“还是没有唤回吗？”珍儿问。

我摇头，这次也失败了。

8

舒大师很快就适应了苏家姐妹的聚会，第三次加入我们。

看不出吸引他的是夏伟业还是苏夜，甚至是左立，但应该不是我。

虽然我长得不丑，偶尔还是会讲出个不合时宜的冷笑话来，可是小明拉屎的笑话已经讲过好多次了，暂时没有新的存货，所以大多数时候我只好闭嘴。

不过私下我还是忍不住聊起舒大师，聊着聊着打起喷嚏，左立坐在我对面，赶忙关上正对着我的窗子，又递来一床毯子。

“你信风水吗？”我问。

“那你信灵魂唤回吗？”

我责怪，这怎么有可比性呢！灵魂唤回是我每天在做的工作，毫无疑问我深信不疑，可是风水存在吗？

“你信就存在，你不信就不存在。”左立现在讲话越来越像哲学家。

比如你不信风水，你可以把自己家建在正对几条大马路的地方，住得也甘之如饴；如果你信，你就会知道这叫“万箭穿心”，风水糟糕之极，除了整天饱受噪声和灰尘的折磨，冒失的司机还可能把卡车开到你家的饭桌上。

还比如你家的厕所，一定要对着卧室，那么下水道的臭气就可能让你日日不得安睡。床就要正对镜子，夫妻便于彼此赏玩欣赏，那么夜里起身尿尿时被自己的影子吓坏也难免。再说祖坟的选址，没有人愿意把自己的祖先葬在山沟底下或土层不稳的山坡，这样一场暴雨或泥石流来了，骸骨早就不知所踪。

“那就是说，风水是一种方法论和价值观？”我也学他的调调。

“有点牵强，可也不无道理。风水是我们应尊重的某些规律。”

“那算命呢，你信吗？”

“有人不信，有人深信，至少我信。”

“父在母先亡，你也信吗？”我揶揄。

左立爽朗一笑：“这倒是一个著名的悖论，也算是心理学命题，事实上，高明的算命者必须是出色的心理大师。”

算命本来就是寻求安慰和保护的心理暗示。最爱算命的人一般属于社会的两个极端阶层，要么是高官巨贾，要么是底层蚁民。这两个阶层处于极端，摇摇晃晃，更加缺乏安全感，也就特别渴望寻求外界保护。

父在母先亡，怎么说都通，父亲在，母亲先去世了；母亲在，父亲先去世了；父母都在，谁先去世都有可能。这种话术确实是算命者，特别是江湖术士常用的伎俩。除此之外，算命者也会想方设法提前得到被算命者的信息，哪怕只是蛛丝马迹，经过娴熟的语言包装，操控性的表达技巧，就会让对方深信不疑。

“一种心理博弈吗？”

“贴切的说法，算命者要揣摩客人的需求，采用类似审问犯人的话术。不过庆幸的是，除了胡说八道，大部分算命者还算三观端正，劝恶从善是行规。”

“那你信舒大师那一套吗？”我回到今天的正题。

“我信不信不重要，夏伟业信就行。”左立靠近我，带来一股熟悉的温馨味道，“舒大师和夏伟业两人如此熟悉，怎么算都不会出错。所以舒大师与其说是算命，不如说是劝诫，是将自己的是非观巧妙地加诸在夏伟业身上。”

“那你这样熟悉我，你也给我算算命，好吗？”聊得差不多，我站了起来，怀里还是抱紧漂流瓶，“你好好算算，我什么时候才能唤回唯唯呢？”

9

我来参加这个聚会是很勉强的，所以挤不出什么笑容，但也不至于横眉冷对。每次尾巴一样随着苏夜，左立又尾巴一样随着我，寸步不离。

事实上，两年前我才重新开始接纳左立。不仅是左立，此前18年，就连苏夜和我也形同陌路，鲜有往来，我孤单地生活，固守着宁静，本想这样到死，可一切的转变源于珍儿的到来。

珍儿就像一汪山谷的清泉盛在一只澄亮的水晶杯里，在浓艳的晨光照耀下，刚一烧开就冒出欢快的小泡泡儿来。从夏敏把她带到我眼前的那一刻起，我沾染了她的热情，吸纳了她的青春，明显感觉自己由一个皮囊衰败，令人厌嫌的老巫女，慢慢变成神情平和，细胞丰盈的女人。

在珍儿的安排下，我和她的叔叔夏伟业见面。

世界就是这么小吗？还是我恰好生活在如此狭小的世界？

一切有说不出的奇怪，但我又找不到奇怪所在。

第二次，夏伟业带来了苏夜，对着抹了一会儿眼泪，我们就没事了。

第三次，苏夜带来了左立，我离席撒腿向外跑，被珍儿拉住，“无爱就无恨，您难道还爱他吗”？“不爱。”我坚决回答，“那好，苏老师，回到您的位置上，无视他，因为您不该恨一个不爱的人。”

我被珍儿催眠了，就这样稀里糊涂地让这些人一股脑回到我的生活里，可是除了一个人，我的父亲，我一直没有见到他。

每人5000筹码，6个人一共3万维珍币，钱是左立付的。

今天珍儿也来了，小妮子正醉心于破解赌场的秘密，与其让她自己到赌场胡闯乱窜，还不如我带在身边放心，而且还有她的叔叔婶婶和关系融洽的左叔叔。

兴奋之下珍儿把持不住，自带的无厘头搞笑功能彻底开启，很快与舒大师也混熟了，没几分钟，对方就自愿成为“舒老大”，笑逐颜开地围在小字辈身旁。

午夜很快就来到了，我们到大厅集合，其实除了我一个人在房间休息之外，他们几个一直在酒吧喝酒聊天。这是属于苏夜和珍儿的世界，脸上打了玻尿酸和皮下有饱饱的胶原蛋白的女人，都活得如鱼得水。

我们 6 个人正好承包了一张 21 点牌桌，一位眼熟的荷官被特别指派为我们服务，重新洗了 6 副牌。珍儿把黄色卡片插了进去，这叫卡牌，等我们遇到这张卡片就意味着所有的牌用完了，这个牌桌上的牌将要被重洗，以示赌局公平。

我和苏夜坐在最中间的两个位置，左边数第三个是我，右边数第三个是她。左立总会自然地坐在我身边，夏伟业在苏夜右边，这是传统。这一次多了两个人，舒大师和珍儿就分别坐在最靠边的位置。

我们为什么要这样坐呢？

这也是方便我们组团竞赛，在赌局中，是否要牌并不仅仅关乎自己的输赢，还要充分考虑自己伙伴的来牌，并达到阻击“对手”、特别是庄家的目的。

我和苏夜都是算牌高手，从坐下来的一刻起就开始记牌，这已经成为本能。除了已经出现的 A 和 10 以上的花牌之外，我们会用一种数学方法累计已经出现的所有牌的点数，然后正负累积相加，这个结果能让我们大体了解没有出现的牌里面，还有多少“大牌”和“小牌”，以及它们在下一张牌里出现的概率。

这种方法是父亲教的。

一般 6 副牌玩过 4 局之后，我们就会开启算牌模式——

当然概率不能保证我们每局都赢，但是，就如同我告诉珍儿的一样，对于一个长期玩家而言，只要不是把自己逼上弹尽粮绝不能分牌的绝路，剩下的牌越少，我们算牌的结果正确率越高，而赌上一夜之后，最终输钱赢钱，累积效应已经开始显现。

再说卡牌，不要小瞧这张黄色或红色的小卡片，庄家就是用它让算牌者远离正确率最高的最后一些牌，减少了算牌者赢钱的概率。

说到底，我们都是在博弈。

今夜，荷官一边和我们轻松地开着小玩笑，一边干净利落地发牌，他了解我们的习惯，今天还是一场竞赛，不过却是6个人比试高低。

为了公平起见，每次下注我们规定只能用100维珍币的筹码，分牌和加注也是100的筹码，这也是多年的老规矩了。

我们每个人都有3个1000的筹码，2个500的筹码和10个100的筹码，等某人把筹码全部输掉，竞赛就结束，输的那个人将请其他人享受一顿丰盛的早餐，抹干净嘴巴大家就散场。

一切的一切，和以前一样。

10

第一局我手气很旺，黑杰克21点，大家直摇大拇指，苏夜也不错，两张花牌20点，其他人什么点数都有，庄家爆掉，大家都赢了，这是庄家给的开门礼，我和苏夜心知肚明。

第二局牌风还是顺手，我拿到20点，左立21点，庄家17点，珍儿和庄家打和，其他人输了。

玩了几局之后，我们身后一直围拢的人开始散开，本来就过了午夜，赌场的人稀稀拉拉，而且我们今天的牌面没什么惊心动魄，波澜不惊中规中矩，观者难免打瞌睡。

赌场主管知道我们就是纯娱乐，不用特意防备，也去其他桌子巡视了。

人少了，终于可以透气。珍儿为大家拿来饮料，赌场免费提供的饮料除了咖啡就是可乐，男人们点了冰啤酒，玩一局，对着瓶子喝几口。

苏夜隔着夏伟业不停地和舒大师说笑，舒大师绕过所有人又和珍儿“打电话”，左立的注意力都在我的牌上面，不时地也看看身边珍儿的牌，教她下一步该怎么办。夏伟业则有点心不在焉，有一句没一句地与荷官搭话，眼睛到处乱瞥。

这一局牌有趣，我的牌是一张7和一张9，苏夜和庄家也是16点，左立21点，夏伟业19点，珍儿和舒大师18点。轮到我决定是否要牌，我摇摇头，很简单，庄家是16点，按照规则荷官必须继续要牌，直到总点数达到或超过17点，不用算牌我们都知道，不要牌等庄家爆掉是最好策略，当然庄家也可能拿到A、2、3、4、5反超我和苏夜，甚至其他人，但这种概率毕竟只有十三分之五。

而且我一直在算牌，在这6副牌中，剩下的牌中间的“大牌”，也就是10及花牌的概率明显大于其他数字的“小牌”，庄家拿到对自己有利的牌的概率只有二十分之一。

“我要。”

苏夜食指和中指并拢，做了一个继续要牌的姿势。这个反常的举动让桌上的人来了兴致，大家开始调侃苏夜，是不是输糊涂了。

“为什么我们总要一成不变地按照规则来玩牌呢？加一点刺激不是更好吗？”苏夜露出了属于她专有的任性笑容。

我也抿嘴笑了，的确，这些年我们总是在进行21点竞赛，虽然输赢对我们从来没有任何意义，但我们就是这样痴迷。为了必胜，我们很少冒险，每一步都严格按照规则和算牌结果。

这样真没意思！

荷官熟练地派牌，苏夜拿到一张红桃5，她现在21点了，完美！众人发出欢呼。荷官给自己派了一张牌，是梅花7，他爆了，牌桌上的每一个人都赢了。

“你们看看！我救了你们大家，不然这张红桃5就在庄家那里，我们就被通吃了！”苏夜兴奋地叽喳，头偏向我，“姐，你就是太胆小，如果刚才你要牌的话，你就是21点了！”

我举起大拇指，你真棒！

我起身去厕所，珍儿要陪着，我摇手，你们玩，我去去就来。我看了一眼苏夜，苏夜便站了起来，姐，还是我陪你去吧！左立给了赌场女招待一笔小费，少顷众人的饮料和酒又来了。

等我再次坐上牌桌，苏夜面前的筹码堆得和我差不多高了，我拿出 10 个 100 的筹码丢给荷官，荷官给我换回一张 1000 的筹码。

“这样眼前清净。”

我晃晃筹码，用手扫扫台面。苏夜便学着我的样子，也拿出 20 个 100 的筹码换给荷官，拿回两张 1000 的筹码。

“财大气粗，今天是苏家姐妹包场了！”夏伟业假装可怜，这几局他输得最惨，手里的 5000 维珍币筹码只剩下两张 1000 的了。左立也不怎么样，还有 3000 多。

“不是运气问题，是水平问题。”舒大师手捻腕上的珠串，似笑非笑。

“不成不成，我没筹码了！”夏伟业拿起 1000 的筹码丢给荷官，荷官换了 10 个 100 的筹码给他。

“看来你的早餐请定啦！”

“那可不一定，胜负还早着呢！”夏伟业摩拳擦掌，顺势拿起苏夜面前的咖啡喝了一口。

11

凌晨三点，想必外面的城市已是意兴阑珊，即便再拼命的小商小贩，再有精神的年轻人也已打起哈欠，希望回到床上酣睡。可赌场里 21 点牌桌前却依然人头攒动，一些像打了鸡血的玩家不分昼夜，在人工营造出极昼一般的豪华建筑中，一局局地等待荷官发牌，看牌，下注，换筹码，永无尽头。

可这一切，随着一个男人的仰面摔倒，戛然而止。

训练有素的荷官赶快封牌，赌场主管跑了过来，没几分钟魁梧的赌场保安别着枪也冲了过来，团团围住倒地的男人。

人群中，我和苏夜蹲在最前面，苏夜拼命摇晃面色潮红，已经昏迷的夏伟业，珍儿、左立和舒大师目瞪口呆。

维珍港警察署的何念警长带着警员赶到现场，夏伟业经过法医的初步取证，已经被抬上救护车，刚才参与 21 点的所有人则被要求暂坐在自己的位置上，赌场的这一区域停止营业，赌场老板和几名荷官站在警戒线外，静观其变。

其他 21 点牌桌的人员经过简单调查，大部分被排除了嫌疑，获准离开，只有个别和夏伟业有过接触，站在他身后看热闹的被留下问话，我们这一桌的 5 个人加上荷官全部留在原位，等待警察做逐一问询。

珍儿与自己的爱人眼神交汇，报了平安，旋即移开。她知道，他正在办案，而此刻，她也是嫌疑人之一，因为夏伟业已经被初步认定是氰化物中毒。

氰化物多年来稳居投毒者青睐榜榜首，容易获得，携带方便，毒性巨大。稍有经验的法医对氰化物中毒的症状都相当熟悉了，就算是喜欢看悬疑推理的普通人，闻闻夏伟业嘴里散发出的杏仁味，也略知一二。

何念又望向我，我懂他的意思，我也还好。

“夏伟业一直在喝咖啡吗？”

警长步入正题，从受害人的妻子，也就是整晚一直坐在夏伟业身旁的苏夜开始询问。

“没有，他一直在喝酒。”苏夜眼带泪水，更加性感动人。

“他最后喝的这杯咖啡是你的吗？”何念指指法证人员已经做完毒物鉴定的咖啡纸杯，苏夜辨认了一下，是我的。

“他喝之前，你喝了这杯咖啡没有？”

“没有。”

“就一直摆在自己的眼前吗？”

“是的，光顾着玩牌，还没来得及喝。”

“受害人喝了咖啡多久后出现头晕难受的症状呢？”

“大约20分钟吧。”

“那这杯咖啡哪里来的？”

“是左立给小费叫女招待送来的，从珍儿那边递过来的。”

听到珍儿的名字，何念略皱眉头。

法医开始给苏夜的身体和随身物品做毒物测试，何念便坐到我的身边，开始例行询问：“今天你发现受害人夏伟业有什么异常吗？”

我摇头，想了一会儿又点头：“他有点心不在焉。”不过马上又摇头，“其实每次他都是这个样子。因为玩这个游戏，他就是来陪苏夜的。”

“整个晚上你们都没有换过位置吗？”

“固定座位。”

“苏夜的那杯咖啡你碰过吗？”

“碰过。女招待把饮品端过来之后，珍儿站起来统一接下来，再按照喜好分给我们。这杯咖啡本来是我叫的，珍儿坐在最旁边，她递给左立，左立递给我。”

“那怎么又在苏夜那里了呢？”

“她临时决定和我换的。”

“苏夜本来要喝什么？”

“加冰的可乐。”

“喝可乐你不怕胖吗？”何念微笑，“你一直不碰这些不健康的饮料。”

“那是以前。”我昂昂头，“现在这把年纪，我已经破罐子破摔。在赌场，冰可乐特别提神。”

“所以你就换了？”

“对，冰可乐和咖啡我都无所谓。”

……

12

何念再没问我什么，转过身询问珍儿。

珍儿在警察男友的面前就像个做错事的孩子，说着说着竟哭起来，何念的脸色也不好，我听不清两人的谈话内容。

接下来，左立、舒大师、荷官及送饮料的女招待依次接受询问，因为左立也接触过夏伟业中毒时喝过的咖啡杯，他被问得特别细致。每个人又都做了毒物测试，这时候，法医的现场检查也告一段落。

清晨七点，我们被允许各自回家。

这时候，医院传来好消息，夏伟业虽然还是深度昏迷，但脱离了生命危险。

“太可怕了！”珍儿一边开车送我回事务所，一边念叨，“苏老师，太可怕了，我们5个人之中竟然有人要害伟业叔叔。”

“是六个人，你叔叔也可能自杀。”我的眼神流连窗外，烟雨蒙蒙的清晨。

“不会吧！”珍儿声音夸张。

“可能性不大，但也有可能。”

“而且要自杀也要有动机，再说他选赌场自杀干吗！”

“我也不希望是我们这几个人下毒呀，他如果是自杀还好一些。”

“我相信肯定不是您，更不是我，左立叔叔嘛，可能性也不大，舒大师说不上，也不太像，最值得怀疑的就是苏夜婶婶了！”

“为什么？”

“她虽然是您妹妹，可您不觉得她和您的性格一点也不像吗？我总感觉她喜欢勾搭男人，看她和舒大师说话的神态，背后说不定有什么见不得光的事情！”

连珍儿都洞悉了这点隐私，我也只好为妹妹开脱：“她只是性格活泼一点。”

“可是叔叔就是喝了她的咖啡呀！警方不是在其他任何地方都没有检测到毒物反应，只有她的那杯咖啡，确定含有氰化物吗？”

“那杯咖啡有很多人碰过，女招待、你、左立，还有我，也不能说明就是苏夜下毒的。”

珍儿听出我略有不悦，赶快收声，不过几秒钟之后又忍不住：“何念说，因为我的关系，他接下来会申请回避这个案件。”

我把头偏向一侧，不想再接珍儿的话，紧闭双眼，直到自己都能感觉到眼角的鱼尾纹，绷得又深又紧。

13

“你不是申请回避了吗？”

我接过何念递过来的香蒜面包，一整块放进嘴里，蒜泥和黄油的香味配合口中的南瓜浓汤，极品享受。何念重新拿起刀叉，绣花一样切着自己眼前的多汁牛舌，耸耸肩膀。

我们这次见面没有带上珍儿，何念有话要单独对我说。

“所以我今天不是警长，而是普通朋友，我很好奇那晚究竟发生了什么。”

“好奇害死猫，你还是不要这么操心。”我用叉子卷起油醋汁拌芝麻菜，又是一大口放进嘴里，“如果你想知道真相，可以仔细地问珍儿，她就在现场。”

“可她一无所知，为了珍儿我也得弄清楚真相，她很烦恼。”

“你不怀疑珍儿吗？她也是嫌疑人。”

“我相信珍儿，就如同相信我自己！”

我瞄了瞄何念的表情，确定他说的这句话是发自内心的。

“好吧。”我用餐巾擦了一下嘴角，随手就丢在桌上，拾起咖啡灌了两口，用右手的两根手指头揩了揩嘴唇上的残液，“实话实说，你怀疑谁？”

“很明显，现场的人证、物证直指的都是一个人。”

我懂了何念的眼神，他和我一样，我们在怀疑同一个人。

可是怎么办呢？这个人是我的妹妹，我的亲妹妹，难道要我站出来指证她吗？

“赌场可能是世界上监控摄像最严密的地方，特别是赌桌周围，完全是高清晰，360 度无死角，任何人的一举一动，甚至一个细小的表情都被捕捉，发生在赌场的命案，警方完全可以调取监控来破案呀！”我开始打太极。

“你应该知道赌场是私人领地，赌场没有配合警方的义务，赌场老板又非常强势，警方已经多次沟通，还是没有拿到监控视频。”

“可命案发生在他们的赌场，来玩的人喝了免费的咖啡出现中毒，他们完全不予配合，不怕引火上身吗？”

“赌场老板坚称自己提供的饮料，盛装饮料的纸杯和吸管，自己的赌桌、椅子和赌场的所有设施绝不会沾染毒物，并且保证自己的员工，包括送饮料的女招待、荷官和楼层主管，甚至保安及他本人，没有对任何人下毒，这些方面完全可以任由警方查证。”

“那警方查证了吗？”

“查证了。而且我们还排查了当天坐在你们周围几桌的玩家，以及任何可能接触到苏夜面前这杯咖啡的人，没有异常。”

“那也就是说，下毒的人确定就是我们六个人中的一个？”

何念叹气：“苏黎，我知道这对你很难，但我们不能让凶手逍遥法外。夏伟业虽然捡回了一条命，但这也是严重的犯罪了。”

我再次勉为其难地撇嘴：“好吧。我妹妹苏夜和夏伟业其实貌合神离，婚姻岌岌可危。夏伟业的花心绯闻满天飞，苏夜对此恨之入骨。当然苏夜也没闲着，不过夏伟业是否清楚我就不得而知了，虽然我们是姐妹，但没有聊过这些话题，这都是我从杂志上看到的。”

“这可以算是动机，我们警方也看小道消息。”

“不过还有一些不是小道消息。”我思忖良久，最后还是把第一次去舒大师家，苏夜夫妻执意回身揭发舒大师和洛丽塔情爱的事情讲给了何念。

当时我的确很是纳闷，这对夫妻怎么怪怪的呢，不过还是左立最后给了我答案：夏伟业和舒大师神交已久，与他的弟子洛丽塔产生暧昧，苏夜已经听闻。舒大师和洛丽塔的关系也明摆着，夏伟业想借此转移苏夜的怀疑，可惜却不知道，苏夜和舒大师也早有私情。

“哦，我明白了，这样每个人的行为就都解释清楚了。”

这真是混乱的生活状态！

何念做个鬼脸，彻底推开面前的牛舌：“其实苏黎，今天请你帮忙，是因为有太多疑点我想不清楚。你是苏夜的姐姐，也许能给我答案，看来我今天来对了，苏夜果然有杀夏伟业的动机，现在剩下另外几个问题。”

我做出愿闻其详的手势，何念开始连珠炮扫射——

苏夜为什么要用这种方式毒杀夏伟业？

苏夜为什么要选择这个时间毒杀夏伟业？

苏夜为什么要在这里毒杀夏伟业？

苏夜是怎么做到的？

因为她的手上、身上和随身物品中都没有毒物反应，咖啡杯没有离开这张桌子，杯子里面也没有胶囊等盛毒容器，她没有喝过这杯咖啡，众目睽睽之下，她是怎么把氰化物加进咖啡中的？

“现场都在哪里找到了氰化物？”我问。

“除了夏伟业喝的这杯咖啡之外，那张赌桌，包括你们6个人及你们携带的物品，以及赌场的所有设施都没有发现氰化物。”

“所以现在的问题是，盛毒容器是什么，又是怎么被销毁的，对吗？”我梳理出重点。

何念肯定之后又皱起眉头：“还有，夏伟业一直在喝酒，怎么突然就喝起咖啡来了呢？”

而且，就算他真的要喝咖啡，也可以再叫一杯，为什么要喝苏夜面前的这杯呢？

14

我在何念漫长的问题中，逐渐神游。

何念误以为我在思考，不敢打扰，半天见我回过神来，才满怀期待地等着我的答案。

“不知道。”三个字缓缓地从我嘴里冒出来。

“一点都不知道吗？”

我对着略带失望的何念斩钉截铁地摇头：“真的不知道。你应该了解我，我和苏夜分开了快二十年，二十年啊，多少个日夜，每个人都可能发生翻天覆地的变化，即便我们是姐妹，也不是彼此肚子里的蛔虫。近两年我们虽然重新聚在一起，但是除了一起吃喝玩乐，交流不多。那天我虽然就坐在苏夜的旁边，但我们在玩 21 点，每个人都专注在自己的牌局上，我真的没有注意到身边人细小的动作。所以你问的这些问题中，我只能回答出一个——为什么夏伟业忽然改喝咖啡，而且是苏夜的那杯。”

“哦？”何念来了精神，这个问题相当关键啊！

“因为舒大师。

“我们这次的玩伴，除了珍儿之外，还多了一位能掐会算的风水先生，夏伟业把他的话奉为圣旨，是多年的老交情了，就是刚才我提到的，被苏夜夫妻堵在被窝里的舒大师。

“夏伟业一直想把维珍之珠这块地拿下做赌场，这位风水先生曾经劝说过他，叫他不要碰，还特意提醒他，如果他执意这样做，会有杀身之祸！

“那天晚上从坐上牌桌开始，夏伟业的精神状态就不好，有点敷衍其事的味道，我怀疑洛丽塔事件之后，他面对舒大师和众人有点尴尬。但是碍于苏夜兴趣高涨，只能勉强陪着，结果一晚上他输得最多，越发意兴阑珊起来。

“这时候，正在看牌的舒大师的一句话提醒了夏伟业，他是这样说的：‘酒固然好，不能醒神，你现在神散了，财自然也散了，赶快补神要紧！’

“众所周知，咖啡是提神圣品。

“这时候我刚把咖啡换给苏夜，夏伟业顺势拿起来就喝了几大口……”

何念皱眉，“看来这个舒大师很有问题呀！刚才你就说了夏伟业和他的英伦弟子兼情人在他的眼皮子底下有染，眼清目明的算命大师不可能不知情，说不定也打算伺机杀了他泄愤。”

我赶快摆手：“我可没说是舒大师下毒，他坐在夏伟业的右手边，没有接触到这杯咖啡，警察也不能错怪好人。再说，他会为了那个不知什么来路的洛丽塔杀人吗，而且还是自己多年好友兼财神爷？”

“但他也可能是共犯啊！”何念还在思考——

其实，为了推测犯罪嫌疑人的作案动机，警方详细调查了你妹夫夏伟业，他的人际关系非常复杂，桃色绯闻更不是空穴来风，他的公司及家族企业也卷入不少灰色地带，可以说仇家一大堆，不排除外人设局，假手他人置他于死地！

夏伟业对建赌场垂涎已久，地原来也有，牌照也拿到手了，但维珍之珠的诱惑太大了，夏伟业势在必得，上下运作。

不过公众是坚决反对对维珍之珠进行商业开发，特别是博彩业，民意一边倒。维珍港的繁华虽然得益于博彩的兴起，但赌博毕竟不是好事！

已经有激进分子放出风声，谁敢在维珍之珠开赌场，就叫谁好看！

所以，如果这个所谓的舒大师确实有劝说夏伟业的言行，那他就很可疑，如果他与苏夜有染，那更加可疑！

因为他从始至终都没有接触过咖啡杯，警方最早排除了他的嫌疑，看来，我也得好好会一会这位“大师”啦！

我莞尔：“会一会也行，顺路再让他给你算一卦，他算命可准了！你可知‘祸兮福所倚，福兮祸所伏’的道理吗？让他给你解释解释。”

何念不知道是真没听懂我话里有话，还是假装听不懂，只顾着拿出手机啪啪地输着信息。

“最后，苏黎，我还有点好奇，你能从私人角度评价一下你的妹妹苏夜吗？”

“这个有点困难啊！那是我的亲妹妹，我不可能在外人面前数落她的不是，但你是警长，我不实话实说又不行。私人角度，你不会是看上她了吧？”

何念的脸顿时红得像珍儿平时一样，只好掩饰地低下头，又切那块早就凉透了的牛舌。

此刻，窗外起风了，一场台风已经在海洋深处酝酿。

第五章　母亲

1

“所以，你不能把她们唤回，我一直很尊敬你，现在却只能换种方式称呼你——骗子！”

简婕终于不请自来，脚踩风火轮一般闯进我的办公室，与之前完全判若两人，满脸鄙夷地坐下后，摆出挑衅的姿态。

“我说了可以按照合同退款给你，你为什么还不依不饶？”

珍儿踢掉高跟鞋，光着脚丫儿噔噔地追了进来，本想拖简婕出去，看我纹丝不动，只好鼓着腮帮子站在我身旁。

“你们耽误了我这么多时间和精力，耍猴一样，要我这样，要我那样，现在我要求一个说法！”

“什么说法？你是想要钱，讹诈我们吗？”珍儿也提高了嗓门。

“简婕，你为什么要唤回三个妹妹？”

我紧盯着眼前这个即使化了精致眼妆，还是难掩两眼间距过大这个缺点的女人，不准她的眼神游离。不过事实上，她也没打算歪嘴巴咬嘴唇，我知道现在才是她的真正面目。

“为什么？”简婕握起拳头敲着茶几，“她们是我的妹妹，这就是原因！”

“事到如今，你可以说实话吗？”我尽量让自己的语调平静。

“什么意思？”

“如果不是你今天找上门来，这件事和我没有二两关系。”我看到简婕手臂上的伤疤又露了出来，“你是否把她们当成妹妹？你是否真的爱过她们呢？”

“你凭什么这样问？”

“我之所以不能唤回，是因为你三个妹妹的灵魂已经被唤回了。”

说到这里，我的右手已经伸进抽屉里，抽屉最里面有一把手枪，手枪放在金丝绒衬底的盒子里，我用食指和中指轻轻拨弄着，直到无声地打开盒子，手掌完全抓牢枪把，将子弹上膛。

“怎么可能！除了我，还有谁会肯花钱请人唤回她们的灵魂？”

“你们的母亲，不——她们的母亲。”

此时我用眼神示意珍儿，枪已到手，我与珍儿的默契已经到如斯境界。

维珍港是个自贸港，这里可以合法地持有枪支。这几年枪支滥用严重，简婕的包里或许也装着一把手枪，枪口随时会对准我的额头。

“你有证据吗？”简婕咬牙切齿。

“没有证据，因为这个世界上只有至亲爱人才能唤回灵魂，你们的父亲已经去世，如果我无法帮你唤回妹妹，那就证明她们的母亲已经找人唤回了她们的灵魂。”

“维珍港不是只有你和另一个女人能够唤回灵魂吗？”

“对，但这个世界很大，不是只有维珍港。”

沉默了两秒，简婕的语气转为轻松，但还带着嘲讽：“好吧，那你说说我为什么要这样做？我花了大价钱找你帮忙，结果她们的灵魂早就被唤回了，我这不是吃撑了吗？”

“答案应该在你自己那里！”我把身体靠在椅背上，拿枪的手已经移在膝盖上，藏在桌子下，“我猜你是出于恐惧，对不对？”

“恐惧，我有什么可恐惧的？”

“因为，是你杀了三个妹妹！亲爱的简婕小姐，其实我早就知道了事情的真相，你隐藏的真相——简妮、简娜和简冰，是你杀了她们！！！”

2

我猛地拔出手枪，对准简婕的眉心，与此同时珍儿怒吼一声，使出五行拳，“嗖”地扑上去，一把按倒坐在沙发上的简婕。

“不要动！我可以轻易拗断你的脖子！”珍儿身手矫健，力气也大得惊人。

简婕没防备我们的举动，被珍儿压得实实在在，她拼命挣脱，却完全动弹不得。

我握紧手枪：“其实你恐惧的不仅是三个妹妹，还有她们的母亲，对不对？”

而你找到我，本身就是一场赌注——

你的父亲的确已经去世，可母亲还活在世上。

你不确定三个妹妹的灵魂是否回到人间，如果她们的母亲将她们唤回，三个妹妹极有可能将你的罪行揭露出来，那么你做的一切，她可能都清清楚楚，随时会向警方告发你。

你找我来唤回，就是为了得到准确答案，对不对？

如果我把三个妹妹唤回来，你会找机会除掉她们，或者只要守在她们身边，熬过 72 小时就高枕无忧了，因为灵魂只能被唤回一次，这样你杀人的罪行就会永远被埋葬。

如果我没有唤回，就是现在的结果，下一步你需要全力寻找她们的母亲，还有被唤回灵魂的妹妹们现在寄身的婴儿或者孩子，再把她们统统杀掉！

其实，接下你的委托之后，我做过一个奇怪的梦。在梦里，一间维多利亚时代风格的房间，破旧的地板上摆着一张椅子，椅子的周围散落着三个破布娃娃，而椅子上端坐着一个女孩儿，她的手里拿着一把带血的匕首，正露出狰狞的微笑……

这个女孩儿就是你！

而当我进入你的回忆置身于你家的客厅时，我惊讶地发现，那里的摆设竟然和我在梦境之中一模一样！

我的第六感第一时间就锁定了你——这个真正的凶手！

简婕在沙发上继续挣扎："苏黎，看来我小瞧你了，你还不是胸小无脑之人。可你指认我杀人，一需要找出动机，二需要拿出证据，请问你有什么？如果没有，那就是诽谤，我可以告你！这些人是我的妹妹呀！你竟然说我杀了妹妹！"

挣扎中珍儿不知哪里被简婕弄痛了，伸出手肘想要击打对方，我赶快制止——

"简婕，不管是动机还是证据，我都替你找到了，只不过我不是警察，破案不是我分内的事情。我不爱管闲事，这一切你得谢谢另外两个人……"

3

第一位是维珍港警察署的何念警长，就是他的一通电话，我开始配合警方的调查，在你的回忆里收集你的犯罪证据。何念警长后来找到我，拿出一份卷宗给我看。

“你瞧，就是这份卷宗让我对简婕产生了怀疑。”

我接过这几张略微发黄的纸，看到上面有一排排潦草的记录，是当时出警的警察笔录。

我们先看看第一个死亡的妹妹，简妮的案子吧——

你看这里，何念指着一个段落：佣人说，维珍港的人喜欢喝汤，这个季节的菌菇特别鲜美，是煲汤的不二选择。

当天的菌菇是在港口的蔬果市场买的，那家店开了几十年，老板说肯定不会弄错，他都是一株一株精选，不可能有毒菇混进来。而且我也买了很多次，从来没有问题，当天一边洗我还特意逐一检查，生怕出事。

还有这一段：汤煮好了，是大小姐帮忙盛的，这里有个括号，大小姐就是简婕。和别的姐妹不同，大小姐对人和善，经常会到厨房帮忙，那天是她把汤盛进碗里，放在一个大托盘里。托盘还是我端上去的，饭前随机摆在餐桌上的每个位置上，除此之外，再没有人碰过菌菇汤。

“这段话虽然提到了我，但也说得很清楚，我只负责把汤盛在汤碗里，汤还是佣人摆在众人面前的，你怎么会怀疑我呢？”简婕不服气。

我知道要开始一段长时间的谈话，把手中的枪递给珍儿，珍儿稳稳接住，换手抵住简婕的太阳穴，解除了膝盖对她的禁锢。

我继续说——

详细了解案情之后，我确实和你有一样的疑问。而且不仅是我，当时的警方也首先排除掉了你的嫌疑。

何念警长告诉我，警方的调查方向是你家的佣人，阿田。

阿田随简妮的母亲来到你家，一生未嫁，阿田看着简娜和简妮出生，对她们特别宠爱，几乎相当于乳母。她的人际关系简单，没有什么亲属，没有赌博等不良嗜好，甚至不太识字，整日在你家操持家务，没有任何作案动机。

但是你不同，简婕，你有杀人动机！

其实在你带我回去的几次场景中，虽然你没有坦露，但我都能明显感觉到你对简妮的厌恶。

简妮的刁蛮、任性无处不在，对父母缺乏尊重，和你之间也有嫌隙。小小年纪作恶多端，和一群男孩子鬼混，还公然威逼弱小女孩儿和她一起抢劫！

这样的妹妹谁都不会喜欢。

“可她还是我的妹妹呀！骨肉相连，她坏是她自己的事，我也不至于杀她呀！”

“对，如果她仅是自己坏，你也不会杀她，但何念警长给我看了卷宗的另一段，这是警方当时给简娜、简冰做的笔录，她们都明确提到简妮平时和身为大姐的你关系最不好！”

“姐妹之间有一点小矛盾，你们就怀疑我，这岂不是欲加之罪？”

我知道简婕不会轻易就范：“不要自欺欺人了，你从来没有认为这是小矛盾，甚至已经忍无可忍。你可能不知道，简娜的笔录中还有一句话：如果简妮像对简婕那样对我，我肯定早就杀了她！”

警方追问她，姐妹间究竟出了什么事。简娜说，简妮到处告诉别人，大姐是个超级大变态，她不喜欢穿女人的内衣内裤，喜欢穿男人衣服，喜欢盯着女孩儿的胸部看，总是偷着抚摸自己的身体，一副很享受的模样。

作为妹妹的简妮这样讲，大家都信以为真，搞得所有人都背地里笑话你，慢慢地疏远你。甚至还有家长公开喊话，不准孩子和你玩。就这样，你变得很孤独，没有任何朋友。

更严重的是，成绩很好的你本来可以被送到国外交流，但你的老师也受不了沸沸扬扬的谣言，只能把机会给了别人……

何念警长给我看这一段的时候，我还说："简妮真是个该死的坏胚子，满嘴跑火车，这样害自己的姐姐！"当时我在为你打抱不平，因为我也特别讨厌简妮。

这里还要补充唤回过程中我发现的两个细节：

一是简妮和小混混走的那次，你叫住了她。当时我能感觉到，你很担心她，这是一位姐姐自然而然的反应。这时候，简妮应该还没有到处说你的坏话，但她却是很刁蛮的。

由此我得出结论，作为姐姐，你有这个涵养，可以忍受妹妹的任性和无礼，不会因为生活中的小矛盾而痛下杀手。

二是简妮威逼小女孩儿和她一起抢劫，这时应该是在简妮说你坏话之后了。你在现场目击了全过程，也许是跟踪，也许是偶遇，但有一点我相信，是你向警察告密，警察直奔简妮追去。

这两件事真实反映了你对妹妹态度转变的过程，仇恨是可以累积的，到了一定程度，杀机就开始显现！

分析完你的作案动机，我们再来看看你的作案手法。

4

尸检的结果是，简妮的胃里果然有鹅膏菌，也叫致命白毒伞，这就是她的死因。

这种新鲜菌菇中毒素含量特别高，可以导致人体各器官全面衰竭，死亡率高达 95% 以上。简妮只是个 15 岁的孩子，只要 30 克，也就是一小簇就能被毒死。但是这种菌菇在维珍港分布又很广，可以说，一个人只要有心，在树荫下、墙角边都能发现几簇。

刚出锅的汤很热，新鲜的菌菇放进去立刻就被烫软了，谁能分辨菌菇是什么时候下进去的呢？

而且你知道吗？

何念警长找到了当年参与调查此案的警察，他清楚地记得，当时在你们简家周围巡查的时候，发现墙角下就有几株白毒伞，而且他还发现，其中有一株好像被人刚连根拔起的样子，周围的泥土颜色稍微不同。

可惜，当年的警察无法深究这个细节，甚至没有把这个发现写进卷宗，为什么呢？

因为假如警方认定简妮被人谋杀，有一个问题他们无论如何也解释不了——

随机摆放的汤碗，某一个汤碗被放入了一簇毒蘑菇，怎么保证这一碗汤被简妮拿到呢？

当天只有佣人和你接触过汤碗，你只负责盛汤。佣人还说，你们简家六口人吃饭时，除了简里仁和她的位置确定，一个坐最上首，一个坐最下首，其他人的位置都是随机的，先到先坐先吃，所以就算是佣人分汤，她也不知道简妮会坐在哪个位置，拿到哪一碗汤。

警方也仔细检查了你们吃饭时使用的汤碗，发现这些汤碗全部都是纯白色无任何花纹的瓷碗，根本看不出任何差别。

“那你有什么证据是我杀了简妮呢？”简婕还是硬骨头的模样，虽然被枪指着，却猛地抬起头。

我的右侧肋骨忽然一阵刺痛，一直蔓延到后背。珍儿担忧地看着我，我知道自己出冷汗了。

“无差别犯罪。”我深吸了一口气，提醒自己无论如何要澄清真相：

如果孤立地看待简妮的死因，我也想帮你洗清嫌疑，但是——将三个妹妹的死因全部串联起来，我就能够确定是你杀人！

因为除了简妮，你也同样憎恨简娜和简冰！

简冰、简娜表面上与你没有正面冲突，因为我在你的记忆中能获得的信息不多，你没有杀她们的明显动机，但是你作为家里最辛苦、最不受宠的大姐，是有可能痛恨深受父母偏爱的妹妹们，随着时间的推移，矛盾的积累，甚至还可能会对父母双亲恨之入骨！

更何况简里仁是个赌鬼，卢素素是继母，三个妹妹都是你同父异母的孩子。

说到底，这碗蘑菇汤不论是被谁拿到被毒死，你的目的都达成了。

“先不说我杀没杀简娜和简冰，恨不恨我父母，当时我和佣人也在这张餐桌上，我难道不怕自己或者无辜者被毒死吗？”简婕冷笑。

“你是个极其聪明的女人，最简单的概率论知识不在话下。”

桌上有 7 个人，简妮拿到有毒菌菇汤的概率是七分之一，但是假如将杀人目标扩大到五个人，那么他们中间任意一个人拿到有毒蘑菇汤的概率就是七分之五！

“如果是七分之五的胜算，确实可以赌一赌！”珍儿一副顽皮的表情。

我继续说——可这毕竟不是赌戏，这是杀人啊，稍微有一点闪失就会出现严重的后果，如果真的是你或佣人拿到了怎么办呢？

这种担忧我也是有的。

但你是谁呀？冷静而富有心机的简婕！

你绝对不会让那七分之二的意外发生，因为作为生活在一个屋檐下的一家人，有很多比这更好的机会可以制造出意外，害死你想害的家人，完全没必要以身犯险。

我认为，你不是在赌七分之五的运气，而是在使用你的另一项技能！

一种非凡的技能。

七个一模一样的碗，菌菇沉入碗底，七碗汤用肉眼几乎看不出差别。即使一根生菌菇浮在汤的表面，也会引起佣人的怀疑，毕竟她是专业的家政人员，她能一眼分辨是不是毒蘑菇，所以你只能通过搅动，让有毒菌菇沉入碗底，和其他菌菇混在一起。

这样毒蘑菇就隐身了，一般人分辨不了。

但是你却能够发现，因为你根本不是一般人，你有“超强大脑”！

5

发现简婕有“超强大脑”的人是左立。

因为我从来不看电视，完全没听说过这档维珍港著名的电视节目。

发现简婕总是咬嘴唇，有所隐瞒之后，我对她也产生了好奇。接到何念的电话之后，我让珍儿把电脑连接上，登陆了搜索引擎，输入简婕的名字，果然和珍儿说的一样，网上关于简婕的内容很少。

我耐心地一下一下翻动着鼠标，浏览关于简婕的寥寥可数的信息，仔仔细细地看着每一个字。突然，我翻到了一个关联网页，新闻标题出现在屏幕上，“昔日维珍港天才少女，超强大脑如今成为企业高管”。

“你也喜欢看‘超强大脑’吗？”不知什么时候左立站在我身后，手拿一杯果汁，“不好意思，我敲了门，但你没有听到。”

“没关系。”我接过果汁，左立也凑了上来，一起看我电脑的内容。

“我没看过。”

左立顿时来了兴致，滔滔不绝地给我介绍起来：“‘超强大脑’”是一档火爆的电视节目，有各种脑力竞技，比如记忆法、分辨力、听力等。每一期的获胜者都有高额奖金，总冠军比明星还出名呢！如果你苏黎去参赛，说不定也能拿总冠军！”

“总冠军叫什么？”我问。

“一共办了十五届，我无法说出全部总冠军的名字，但是他们的奖杯都是由我颁发的，因为我是这个节目的总赞助商。”

“哦？”我笑道，“你的确有商业眼光，因为维珍港的超强大脑肯定很多，这里赌场众多，人人好赌，个个算牌，记忆力肯定差不了。”

左立深情地望着我：“其实我赞助这个节目的初衷是为了你！因为你也拥有‘超强大脑’，你有超强的观察力、记忆力和逻辑推理能力，更能帮人唤回灵魂，只是我知道你永远不会上我的节目……

“不过说到记忆法，就不得不提15年前的第一个总冠军，我记忆犹新。

“我当时不知道她的真名，她每次出场都戴了面具，因为经常有人在参赛的时候打扮得独树一帜，我也没有多想，但是她超强的记忆能力却让我深深折服，可以说直到今天，再也没有人在记忆力的比拼上超过她。”

“她是记扑克牌吗？“

左立摇头：“那太小儿科了。记扑克牌和数字对她来说太简单，她的记忆力已经超乎想象。五个人以相同的语速同时在她身边报成语，每个人报100个，并且只报一遍，她可以将这500个成语准确无误地按照顺序写出来，并且可以随机说出任何一个成语是哪个人第几个报出来的。

“还有，只浏览一遍，她就能够记下200对双胞胎的头像和每个人的名字，准确无误。

“此外，最让我们叹为观止的还是她的微观辨识能力，我们曾经给她准备了1000杯水，这些水全部来自同一水源，以相同的毫升数量，装在同一批次出厂的透明塑料杯子中，她可以很快地找出，哪一杯被我们放进两粒盐巴！”

“记忆法可以经过训练，使用特殊方法，比如记忆宫殿，我也可以达到这种水平，甚至超过她。但是她的微观辨识能力的确很厉害，可能是一种天赋，与眼睛的构造有关。”

“是呀！”左立补充，“在参赛的过程中，我一直在观察这个女孩，发现她有超乎常人的观察力、记忆力、分析力和应变力，这样的人才我不能不爱惜！”

“我派人追查，找到了她的家，原来她是维珍第一高中的学生，大学毕业之后在一家大企业工作，她受邀到我的公司工作几年，然后跳槽了。”

“她叫什么名字呀？”

“你不正在看关于她的新闻嘛！”左立指着屏幕。

简婕？！我大吃一惊。

6

没想到阴差阳错，让我知道你有“超强大脑”。

我继续与简婕的对话，珍儿手中的枪还是握得紧紧的。

第一次见面，你就轻松地区分出眼前混在一起的矿泉水，找出属于自己的那一杯，珍儿在你走后还琢磨了半天，现在看来，这对你来说实在太简单了。

而且，我曾经随着你的记忆回到你在维珍内港的家里，在玄关背后墙壁的隔板上摆的那些奖杯都是你的，其实从小到大，因为你的记忆力，你得了很多的奖。

这里要补充一点，作为灵魂唤回者，我去过很多人的回忆里。如果这位委托人本身的记忆力较好，我眼前的情景就会特别清晰，反之就会模模糊糊。

你的记忆里，天空湛蓝，树叶的脉络清晰，每一个细节我都看得清清楚楚。这证明你的大脑分析和存储功能特别强大。

你连水里放了盐巴再溶解都能轻松分辨，所以，你只需瞄一眼，就知道哪一碗汤是自己放了毒蘑菇的，如果那碗汤恰好被分到佣人或你自己那里，你就会找借口倒掉。

你就是这样杀人的。

而“幸运”的是，虽然只有七分之一的运气，但就是被你碰上了，你杀死了当时你最想杀的简妮，让无差别犯罪成为目标性谋杀！

至于简娜，确实是公审枪毙的，但她根本没有杀人，她是在替你顶罪！

你也许不知道，警方询问的笔录中，有这样一段话，是卢素素的。她说：“简娜被警方带走的第二天，有一个男孩儿跑来告诉她，其实简娜不是主谋，她这次是替人顶罪。”

可惜警方怎么也找不到那个男孩儿，可能是因为简娜出事，这些小混混都逃跑了的原因。

不过，卢素素一直想不通，按照简娜的个性，她为什么要为别人顶罪呢？

而且，究竟是什么人会让她心甘情愿顶罪，宁愿为对方送死呢？

今天我就来告诉你，也许你对简娜毫无感情，她却把你当成深爱的姐姐！

为了你活，她选择去死。

因为我只能到你给我提供的特定回忆场景中去，无法认识真实世界中的三个妹妹，更不能了解她们对你的情感，这一切都要靠我的揣摩和他人的描述。

还有简娜委身于路易刘，是想在他身上弄到一点钱，不过这些钱她没有挥霍，而是拿回来补贴家用，替你父亲还赌债，供你们读书。

简娜早早辍学完全不是因为不好学，据警方了解，其实简家四姐妹都是很聪颖的，简娜的成绩虽不及你和简冰，但也不至于学不下去。

当初她离开学校时曾告诉关系要好的同学：自己的家人每个都奇

奇怪怪，不成熟，不争气，这个家就快养活不下去了，她有责任为父母分担，照顾好自家的姐妹。

这才是真实的简娜，小小年纪却富有责任心。

我们回到导致简娜被枪毙的绑架案件上来——

警方在追查衣柜里闷死的男童案件时，发现了很多疑点，这些疑点有一个共同的指向，就是简娜根本不是杀人凶手，可是她却坚决站出来包揽了所有罪行。

而那段时间正好是维珍港严打政治犯罪的关键期，当局下令对反对宗主国殖民统治的民众杀一儆百，作为小头目的简娜自然在当局清剿的名单之列。而她又刚好撞上枪口，犯了杀人重罪！所以刚满十八岁的简娜被匆忙定罪，并被执行枪决。

这里必须指出，你，简婕，曾经也是反对派小头目！

也许你本人极力隐藏这段历史，但你不知道，在你的档案中，有一份关于你的调查材料，何念警长已经把它找了出来，那是多年前，政府在清缴学生党的时候，学校组织自查的结论。

这才是你丧失国外交流深造的原因，而不是简妮的几句玩笑话，说你喜欢偷窥女人。

你曾经和简娜一起参与组织过维珍港反殖民运动，不过你心机很深，一直隐居幕后，完全不像简娜那么张扬。

我不想评价历史是非，只能替简娜惋惜。再次回到绑架案件：

简娜是因为一个男童之死被定罪，其实这整件事一开始就是你提议的！

这也是何念警长梳理多年前被捕的学生自诉材料中偶然发现的。这份材料的主人公也参加了当年的绑架，虽然只字片语，但明确指出了，是你，简婕，最先提议制造轰动事件，比如通过绑架来营造声势。也是你，简婕，物色了受害者——邻居家里一位富裕阶层的孩子，并且亲自诱拐，把他绑架到偏僻的地方。

因为受害男孩儿认识你，所以你把他关在一个木质的柜子里活活饿死，弥留之际他用指甲在货柜里刻下来两个字“简”“女”，作为死亡信息。

警方由此判断，小头目简娜是杀人凶手。

因为“娜”是女字边。

可是，大家忽略的是，“婕”也是女字边啊！

简家四姐妹，除了简冰，名字中都有女字边。男孩儿死的时候只有十岁，他一定是写不出比画很多的“婕”字，才写了一个“女”字。

为了证实男孩儿究竟会不会写“婕”字，何念警长找到了受害孩子的家长和老师，老师证实这个年龄段的孩子，还没有学到笔画这么复杂，又比较生僻的“婕”字。而“娜”字虽然比画也多，却是常用人名字，在教材中出现过。

何念警长甚至翻出了孩子当年的习题册，一个字一个字查找，终于找到了“娜”字，也就是说，受害人一定会写“娜”字！

简娜最后替你顶罪，慷慨赴死！

你曾经带我回到了她临死的一刻，简娜的那段演讲，与其说送给其他人，不如说就是送给你！

因为她深爱你这位姐姐，坚信你会把“自由之路”走到底。

——这也是你给她的承诺！

7

最后来说简冰，这是你最不应该杀的人，但也是你最恨的一个人！

从小到大，你不得不和没有任何血缘关系、比你漂亮，又处处比你优秀的简冰装成亲密的双胞胎，性格的狭隘慢慢主宰了你，你整天压抑厌恶却无从发泄！

披天使羽毛的简冰完美无缺，几乎是人见人爱，沉稳随和的个性，心思又特别细腻，在和她的一次次较量下，你总是失败。

其实简冰和简娜、简妮一样，都深爱你这位大姐，在她们的眼里，你只是冷漠了一点，孤僻了一点，因为你没有母亲，妹妹们更希望能够给你温暖。

这些你都心知肚明，可你，连最后一个妹妹都要杀掉！

还有一件事能够证明你的卑劣和可怕，为了自己的私利，不惜陷害无辜者——

姗姗生孩子那次，也许你不知道，简冰提醒她，是你勾结一个叫徐泽的坏男生，对她施以毒手！简冰这时候已经认清你的嘴脸，她甚至知道是你杀害了另外两个妹妹，不过她刚想告诉姗姗实情，你就在厕所外面敲门了。

“简冰一直不是好人，当面一套背地一套，大家都被她的外表欺骗了！”简婕愤愤不平，“她竟然在外人面前出卖我！这样告诉姗姗，不就是置我于死地吗？”

“但她有没有撒谎，是不是你害的姗姗？”

“我真后悔带你到这个场景去！”简婕对自己懊恼，“其实那天我很犹豫，但不知道怎么脑海里出现的就是那个厕所，人的潜意识是无法控制的。不过说实话，我压根也没有相信过所谓唤回这一套把戏，你又没有耐心，从来不说细节，我并不知道你在现场能经历什么。”

“我化身为姗姗，帮助她生下孩子，也听到了简冰对姗姗说的那席话。”

“是的，在厕所外面我听到了你们的对话……”简婕垂下睫毛，“但你说是我杀了简冰，还是没有证据！”

“有。”我直视眼前这个杀人恶魔，“这个证据还是你的潜意识提供给我的。”

简冰是在下班回家的路上，被人从背后连刺十几刀，再被车碾压而死。这时候她在一间芭蕾舞教室教小学生跳舞，男朋友都没有。她的人际关系和名字一样，一直很单纯，很简单。

凶案发生之后，警方排查了很久也没有找到嫌疑人，现场也没有找到任何有价值的线索，再加上简冰的财物都被抢走，所以只好定性为流窜犯谋财害命。

因为简娜、简妮的唤回我都失败了，你此时已经认定我是个神棍，对我的防备之心完全降低了。

这里要补充一句，你虽然强调无法控制自己的潜意识，但是之前的回忆场景却都是你精心选择的，无非是让我得出简妮和简娜都是该死的混蛋这一结论，让我对她们没有任何同情之心，也就不会纠结她们的死因，为她们寻找真相。

……

你说过，简冰死亡时，自己不在现场。

而且这种情况，你怎么可能在现场呢？

哈哈，可是好笑的是，最后一次冥想唤回，你把我带去的却不是荒芜之地，而是简冰死亡的现场！

你的潜意识出卖了你！彻底出卖！！！

试问，如果你不是凶手，你又怎么可能出现在简冰的死亡现场，站在不远的一棵树下，看着她咽气呢？

8

简冰之死距今也快十年了，但何念警长对你依然存有怀疑，这件案子的早期调查他都亲自参与了。

也就是从这时开始，他走入你的生活。在侦破简冰案件的同时，他惊讶地发现简妮和简娜的案件存有各种疑点，而这些线索最终的指向都是你这位大姐。于是，何念警长开始在你不远不近的地方长期观察你，监视你，这让你不寒而栗。

回到简冰的案件，警方当时就发现了各种疑点——

首先，天色已晚简冰一个女人，为什么走在那条行人稀少的路上呢？

简冰不是奔放大胆的性格，平时循规蹈矩，甚至略显懦弱。她遇害的地点，并不是每天上下班的必经路线。那究竟是什么原因，让她在夜色中一个人跑到这里来的呢？

其次，简冰为什么放着好好的人行道不走，非要专门走下来，走到有汽车经过的水泥路上来了呢？她最后就是因为倒在水泥路上，才被后面的车子反复碾压致死的。

最后，而且最重要的一点是，如果是普通抢劫，根本不需要刺那么多刀呀，抢劫犯就是求财，抢了快跑，哪有时间站在原地刺受害者那么多刀，被人发现怎么办？

所以，除了抢劫犯可能心理变态之外，下手这么重，明显就是不留活口——

不留活口有两个可能：一是凶手的脸被看到了，担心脸部明显的特征被记下来，因此而落网；二是凶手是受害者熟悉的人，开始杀人就没有回头路！

把这些疑点全部串联，何念警长当时就推断，简冰应该是和某个熟人一起走在这条路上。那人推着一辆自行车，不，也许当时是简冰推着自行车，那人站在她身旁，冷不防抽刀下手，置她于死地，然后再拿走她的所有财物，包括自行车，伪装成抢劫杀人，这样所有的疑问就都解开了。

不过警方一直没有找到简冰的自行车和行凶者的作案凶器，无法提取指纹，更没找到任何犯罪嫌疑人的影子。

你也知道，警方是会避重就轻的，一件总是难以侦破的案件，慢慢就会被冷落，放置在布满灰尘的卷宗柜里，最后成为无人问津的悬案，也就让凶手得以逍遥法外。

何念警长当时怀疑到了你，可是你却有完美的不在场证明，这个不在场证明一定是你采取的某种精巧的手法，总之你骗过了警察。何念警长虽然怀疑你，没有证据也无能为力。

你本来可以逍遥法外，但是你却错误地找到我，唤回三个妹妹的灵魂，让我目睹了你的罪恶。

那天我随你的潜意识指引，回到简冰的死亡现场，此时你已行凶完毕，简冰陷入弥留之际，我看到你躲在不远处的一棵树下，冷酷地看着简冰倒在血泊里。直到车子一趟一趟从她身上碾过，她没有任何生还可能，你才离开。

自行车，我看到了，在你的身边有一辆自行车。

别忘了，你虽然有所谓的“超强大脑”，可是除了微观辨识能力我略占下风之外，在观察力和记忆力方面，你引以为傲的那些雕虫小技，我是完全不会弱于你的！

任何出现在我眼前的景物我几乎都过目不忘，随时可以回头翻看和查找细节。任何人和我描述的任何场景，我虽然不在现场，但都能做出画面联想，甚至脑补出没有告诉我的部分，并且十分精准。

9

何念警长不像我，可以进入你的潜意识。当初虽然参悟了你的杀人手法，但不清楚你的杀人动机，更没有破解你的不在场证明。

不过，现在出现了第二个关键人物，也就是卢素素，你一直害怕的那个人，三个妹妹的母亲，何念警长找到了她！

我知道你很想知道她的下落，三个妹妹都死了之后，感觉到生命受到威胁的卢素素隐姓埋名，躲了起来。就是她告知何念警长你的杀人动机，还把你的过去，揭个底儿朝天！

你从见到卢素素带着简冰走进这个家的第一天起就想杀了她们，虽然你只有四岁，杀意伴随了你的整个少女时代，从简妮的那碗蘑菇汤开始，你真正把杀意变成了行动。

卢素素说，你就是忌妒！

忌妒三个妹妹比你聪明、比你漂亮、比你得宠！

你是个内心极度阴暗的女人，为了忌妒，你可以杀死自己的所有亲人！

“不是！她胡说！”

一直沉默的简婕忽然激动起来，她甚至一把推开珍儿对着自己的手枪，珍儿反应敏捷，再次猛地扑住了她，手枪压住她的太阳穴，简婕只好举起双手示意大家不要激动：“请听我说几句，可以吗？”

见我同意放开她，简婕坐定，拢拢头发，艰难地说：“卢素素才是个满嘴谎话的女人！既然你想揭开这段尘封多年的往事，我就毫无保留了。你知道吗？生活在我们四姐妹和卢素素身边的那个男人，我父亲简里仁，是一朵盛开的奇葩。一切的一切都要从我们的父亲说起。”

他和卢素素是堂兄妹，相差两岁，卢素素是我父亲叔叔的女儿，她的真实名字叫简里佩。

十几岁的时候，两个少不更事的家伙就越了雷池，甚至怀上了孩子，直到马上要生的时候，家里人才知道。

长辈是坚决反对的，简家毕竟是大家族，虽然不是很有钱，但在维珍港有点头脸，哪里容得下这样的丑闻！简里佩，不，是卢素素，就被逼着引产，谁知道孩子当晚就早产出来，是个儿子。

这个孩子在简家养了几天，就被送到乡下去了，简里佩改了名字，远嫁他乡——一位才华横溢、温文尔雅的富家公子。我父亲简里仁，则被送进一所大学。

在学校里，我父亲认识了我母亲，热恋中母亲怀孕了，不过这一次后果同样很严重，母亲的家人发现了，跑到学校要求开除我父亲。这时候学校已经打算要父亲留校任教，再加上简家出面协调，校方妥协，只要父亲承诺毕业后立即娶我母亲就既往不咎。

一切看似即将圆满，我父亲却忽然变了卦，坚决不肯娶我母亲，还发毒誓，这辈子死也不娶她，要娘家带她回去立刻把胎打了，大家一拍两散！

校方难以收场非常气愤，反复给我父亲施压，他死活就是不同意，一副毅然决然的样子，学校只好把他开除了。

这时候简家也对我父亲失望至极，没人再搭理他。谁知道他哪根筋搭错了，一个人游荡了几天，又跑回去找我母亲，苦苦哀求要和她生活在一起。

那个孩子已经打掉了，母亲重新接纳了他，不久又怀了我。

婚后，他突然又变脸，三天两头要和母亲分手，整天吵吵闹闹。听说父亲找过的女人不计其数，在我 4 岁的时候，母亲病逝了。

没多久，简里仁重新找到卢素素，她老公死了之后，她有一个女儿叫冰冰，只比我小一个月。

这个新的家庭就组建起来了，过几年简娜、简妮也出生了……

10

虽然如同流水账，但简婕讲得丝丝入扣，我和珍儿都听得入迷。

简婕继续——

在我的印象里，父亲这一辈子没有工作，几乎也没有收入。他不知道从哪里弄来一条破船，不是在海里钓鱼，就是在岸上的赌场消磨时光，要么就是关起门在家睡大觉。

卢素素则经常夜里出门，后来我才知道，她在娱乐场所当主管。那一刻我忽然明白，我们这一家人，是靠出卖别人的肉体活着。

简妮出生不久，我父亲进了监狱，罪名是猥亵女性。

有个随父亲一起海钓的女人控告他，由于父亲表现良好获得减刑，两年后出狱。但是出来后没多久父亲就又被抓了进去，罪名还是猥亵女性，对象还是上次那个女人，她坚称父亲趁一起钓鱼时在海上意图不轨！

又是两年后，父亲出来，没多久，又被抓进去，和前两次一样的罪名，还是那个女人告他……

不过这次，父亲没有判刑，虽然他依然对自己的“罪行”供认不讳，却被直接放了回来，因为警方感觉被戏弄，不再理睬他们。

谁知道，我父亲出来的第一件事就是找那女人，痴痴地站在她家门口，那女人隔着铁闸门看着我父亲，两人傻瓜一样笑了很久很久。

奇葩不？

还有更匪夷所思的呢！

很多人，包括我都见过那女人虐待父亲，他却好像乐此不疲。

有一次，有人看到他们两人清晨在公园的长凳上，父亲趴在凳子上，光着膀子，那女人拿着一盒针灸针，在他的背上一根挨一根，密密麻麻地插满一背！父亲猛然转过身来，仰面躺在长凳上，疼得直咧嘴，可那女人笑得呀，简直停不下来，父亲也是一边哇哇叫一边大笑。

你说这是不是一对疯子！

“这两人神经不正常吗？”珍儿嘟囔了一句。

“我们确实也怀疑，但没有把他送进医院。”

“你父亲别的方面正常吗？”听到这里，我语气缓和。

简婕摇头：“奇怪的就是，他在我们面前还算正常，只是和那个女人在一起，就好像换了一个人。父亲还把她带回家，这是我亲眼所见，两人坐在客厅的沙发上，那女人拿个镊子拔他的胡子，父亲疼得龇牙咧嘴，眼泪都流出来，竟然还笑个不停。而且，卢素素竟然也站在一旁边笑边看，还忙着在厨房亲手做好吃的！”

听到这里，我忍不住和珍儿对望，居然还有这么莫名其妙的夫妻?!

“你父亲和卢素素关系好吗？”我问。

“我不明白你指的是哪一方面，他们平时交流不多，但夫妻那点事上应该还不错——我们的家不大，隔音也不好，他们也没有任何避讳我们的意思……”

珍儿翻翻白眼，吐了一下舌头。

“这对你们姐妹的心理状态有影响吗？”

“我没有和简冰聊过这个话题，应该对我们俩影响不大，但简娜和简妮的早熟、放纵，应该多少有些关联。”

“你父亲的怪异举动，和你杀人有什么直接联系呢？你说卢素素是胡说，那究竟是什么原因让你杀了三个妹妹？”我把话题扯回来。

简婕思忖一下，歪着嘴巴，咬了一下嘴唇，我用自己的手指做出一个手枪的模样，对着她的脑袋，她知道不能再隐瞒——

11

我父亲活在自己奇特的精神世界中，对我就完全不管不顾了。我甚至怀疑，他已经忘记，在这个世界上我还是他女儿，我们就好像生活在一个屋檐下的陌生人，虽然每天都能碰到，但成了“点头之交”。

到了简妮出生之后，他几乎已经忘了我的名字，有时候手指比画着想对我说点什么，但摇摇头又走开了。还有一次他和我聊了半天，才发现我不是简娜，笑容凝固之后又离开了。

他特别溺爱简妮和简娜，那是他的心肝宝贝儿，有什么好吃的，好穿的，都会先给她们，完全没我的份儿。因为卢素素的关系，他对简冰都比对我亲近，偶尔会有说有笑。只有对我，虽不是冷若冰霜，但就是不理不睬。

他可以无视我，但他却是我在这个世界上唯一的亲人。

在那个家里，每天看着他浑浑噩噩，呆呆傻傻，我的心情沉进冰点，没有一分钟真正快乐。

相比之下，卢素素并不是十恶不赦，在继母中她算是好的。她给我吃，给我穿，开始的时候，对我的态度也算和善。

不过，看不顺眼一定是相互的，也许是从第一眼开始，也许是积累了好多年。

卢素素自己很爱美，她也很漂亮，在娱乐场所工作又会打扮。但我能看出她衣着的廉价，和她的品位、对自身的期望值并不在一个层次，但她又无可奈何，因为她实在没有经济能力负担昂贵的物品。

我们一直相安无事，直到有一天，我撞破了她的秘密，她才对我改变态度。

"什么秘密呢？"我又来了精神，这个家庭真是谍影重重。

"我知道她杀过人！"

卢素素也杀过人？我和珍儿对视，她杀了谁呢？你又怎么会知道呢?!

简婕咬了一下嘴唇，这个真的很难解释，我还是往下说吧——

知道卢素素杀过人之后，冲动之下，我给警察局写了一封匿名信，举报她杀人，谁知道邮票没有贴足，信被退回到寄出去的邮局。

这个世界就有这么巧合的事情，卢素素有个闺蜜在邮局工作，她竟然看到我那天在邮筒里投了一封信，在退回的信中她发现这个信封很像当时我投进去的。因为是写给警察局的，她感觉这其中有蹊跷，就告诉了卢素素，卢素素一眼就认出我的笔迹，把信拆开了……

在信里，我告诉警察，卢素素在嫁给我父亲之前，杀了一个叫汪明栋的男人。

卢素素看了信之后，什么都没说，只是把信放在我的枕头下面，于是这就成为了只有我们两个人才知道的心结。

这件事我没有再告诉其他人，但是从那之后，卢素素对我的态度是 180 度大转弯，几乎没有再说过一句话。

三个妹妹相继死去，继母的精神状况临近崩溃，她开始对我面露狰狞，这时候我已经搬出去，她却阴魂不散地骚扰我，恐吓我。

对待她，我一忍再忍，一躲再躲。

12

“按照你的意思，卢素素指责你的杀人动机完全是无中生有，是因为你恰好得知她杀过一个叫汪明栋的男人，她怀恨在心，故意栽赃陷害你吗？而且，不是她在躲你，是你在躲她，对吗？”

我与简婕的谈话继续：“可是你又怎么否定何念警长和我寻找到的，你杀害三个妹妹的证据呢？”

“这些证据都无法取证，甚至是你们主观臆想的！你们完全心知肚明，不然我现在也不能安然无恙地坐在这里和你说话！”

“灵魂唤回不被主流社会认同，甚至可以说就是招摇撞骗，试问法官又怎么会采纳你在我的记忆中提取出的这些所谓证据，然后判我个杀人罪呢？”简婕理直气壮，“再说警察在所谓的那些卷宗里面找到的‘线索’，说我参与了维珍港反殖民运动，我完全可以说这是诽谤！请问有任何书面文件证明我是运动的头目吗？请问有任何影像资料拍摄下我领导运动时的画面吗？没有！完全没有！”

“你真是厚颜无耻，胡搅蛮缠！”珍儿就差吐口水在简婕的脸上了——

从一开始，我就劝苏老师不要接你的委托，说实话，虽然在电话里你的声音特别好听，语气也特别温柔，但我就觉得不舒服，直觉就认定你是个特别假的人！

果然，你的内心如此肮脏！

唤回灵魂失败，我们会按照合同退钱给你，你却不依不饶打上门来，找我们的麻烦！可惜啊，聪明反被聪明误，却让苏老师把你杀人的事实翻个底朝天！

你真邪恶，活该！

“你骂她也无济其事，我们不是警察，点到为止而已。”我示意珍儿算了，又郑重地告知简婕，“你可以离开这里了，我们大家从此井水不犯河水，接下来警方要如何，也与我无关……”

珍儿放下手枪，简婕一跃而起，确认了我真的打算放她走，便抓起手包，起身离座，头也不回地扬长而去。好半天，我的耳膜还能听到走廊里传来的，急促又尖锐的鞋跟和大理石地面撞击的声音。

“就这样让她走吗？”珍儿大吼，心有不甘。

“让她走。”

13

确定简婕离开大厦，珍儿回身，亲昵地搂住了我："苏老师，您太厉害了！我今天才知道，您有这么强的推理能力，都可以做名侦探了！"

我不太习惯和别人靠这么近，但这是珍儿，由着她吧。我也笑着："简婕被我唬住了，你也信呀？"

"啊？您是唬她的呀！"

"当然啦！"我乐出了声，"你跟着我这么久了，难道第一次见我唬人呀！"

"灵魂召唤固然神奇，但并非无所不能，我在简婕的记忆中其实并没有得到什么有价值的证据，我所说的一切，都是你的何念警长事先告诉我的。

"三次都不能唤回，一定是哪里出了错，我估计简婕和妹妹们的死一定有关联。

"在简娜唤回失败之后，我就接到了何念的电话，他告诉我，近期他在跟踪一名嫌疑人，发现她频繁出入我们的事务所。

"就是这个叫简婕的女人。"

"他干吗不直接问我呢？"珍儿有点醋意。

"傻孩子，何念警长不希望对你造成困扰。发现简婕找我的目的是唤回三个妹妹的灵魂之后，他笑了。"

"这有什么好笑的呀？"珍儿想着心上人，脸又发红。

"他笑的是，自己追查简婕已经有几年了，一直没有突破，连他自己都怀疑是不是找错了嫌疑人，但简婕来找我，反而印证了他的怀疑。"

"因为心虚。"

对！珍儿说对了，何念警长也说，简婕肯定是心虚，恐惧，所以来找我做灵魂唤回。

因为何念警长坚信，是简婕直接或者间接杀害了自己的妹妹。

三个妹妹！

可惜他没有证据。

即便通过电话，我也能想象何念那副苦恼的样子——

苏黎，就是因为没有证据我才来求助你呀！

我第一次接触到简婕，是简冰的案件，曾经找她了解情况，她的三个妹妹都是非正常死亡，确实激起了我的好奇。

又过了两年，我在翻阅历史卷宗时发现，简婕曾经参与过维珍港反殖民运动。

职业的敏感让我忍不住开始调查，结果却越来越震惊，我发现，三个妹妹的死亡与她们的姐姐——简婕有着千丝万缕的关系。

我先后找了她家的邻居、老师和同学，也走访了简家的亲属，我发现，简婕是个性格古怪的女孩儿，她和三个妹妹的关系都不好，更重要的是，简冰去世之后，简婕就从家里彻底消失了。

在维珍港想假冒 ID 身份卡是很困难的一件事，持假证被警察发现非常麻烦，所以我很快通过银行账单、消费记录查到简婕住处，一直在暗地里跟踪她。

“不过现在跟踪她几乎是浪费时间，三个妹妹死了多年，就算有什么痕迹也早被时间淹没了。其他同事劝我算了，我却把追查简婕当成个人爱好，就是好奇地想知道真相。”

“你一直是这样的性格，一位好警察的品质。”我赞叹。

何念害羞一笑：“哪里呀！你知道我的个性，我只是比较固执而已。”

“所以您就答应帮助何念，找出简婕杀害妹妹们的证据吗？”珍儿问我。

“有一半原因。”我的右侧肋骨隐隐作痛，只好压在桌子上，今天实在太疲劳了，我耗尽了体力，只好赶快结束今天的对话——

简婕说对了，我即便找到证据也不能在法庭上用来指证她，何念也心知肚明。所以他拜托我的主要目的，其实是演今天的这场戏！

故意打草惊蛇，引诱简婕继续杀人！

“杀人？！”

“对！简婕一直在寻找卢素素的下落，这才是她心中最大的隐患！

“三个妹妹唤回失败，何念料到她早晚会跑来要求退费，或者羞辱我一番。

“你看这里！”

我用手指牵引珍儿的视线，在我书桌上竖着的台历这里，有几个模模糊糊的地址，好像是铅笔写的，但又用橡皮擦了一下，留下了斑驳不清晰的字体——

这就是为简婕设下的陷阱，其中一个地址就是此刻被警方严密保护的卢素素的地址！

微观辨识能力和记忆力超群的简婕，即使坐在对面的沙发上，也能看到并且轻松记下这些地址，她肯定会怀疑其中有一个是卢素素的。因为这是我刚刚写上去的，她上次来唤回的时候还没有。

写了又擦掉，肯定有古怪。

我故意用枪指着她，强迫她长时间坐在我对面的沙发，她的眼睛肯定会“不经意”地注意到这些信息。

“这是请君入瓮！”珍儿巧笑倩兮，就像个孩子。

14

珍儿心情愉快，小鸟一样在事务所飞来飞去，准备晚上和爱人约会，一会儿工夫就把下午简婕来事务所大闹一场的不愉快忘得干干净净。

我却忧心忡忡欲言又止，有些事情，注定不能都告诉珍儿。

她是个单纯的女孩子，假如知道事情的真相，今后就不会享受这样简单的快乐了。

关于简婕，我的确有所保留。

我见过卢素素，一切又要回到那时那刻。

卢素素坐在我的对面，看得出化疗之后，她的身体全毁了，没有一丝头发的脑袋，让她看起来像个外星人。

不过即使面容枯槁，气息不平，这个女人依然衣着整齐，巍然端坐，看得出她受过非常良好的家庭教育。

"我不是个好女人，这是很多人眼中的我。"知道我的来意，受何念警长委托，帮忙调查三个妹妹的真正死因，卢素素开门见山。

简家是岛上原住民中的大家族，家风淳朴保守。

十几岁的我就和堂哥有了孩子，丢了家族颜面。关起门，我父亲用鞭子狠狠抽打我，想把孩子打掉，可这孩子却像钻进骨头，牢牢地吸附在我的肚子里，直到呱呱坠地。

孩子生出来之后就被送人，我没有再见过一眼，这辈子也没有。

我被迫远嫁给一个我不爱的人，身体可以给他，但精神世界我想留给自己，这是一片安宁的海港，只有我一个人坐在海滩看日出日落。可他总是不断地要求我，做个好妻子，做个好儿媳，甚至硬要挤进我的内心，霸占每一个角落，要我和他沟通！沟通！沟通！

沟通什么？对待这样的生活，我已经无话可说。

所以直到他死，还一直对我恨之入骨。

“他是因为爱你，希望经营好这段婚姻。”我插话。

“也许是吧！”卢素素摸索着想点一支烟，突然袭来的咳嗽，让她作罢，休息几秒，继续讲述。

“他死后，我长期冷漠的态度最终激怒了公婆，被他们扫地出门，只有女儿冰冰跟着我。无依无靠之际，堂哥重新收留了我，他也是单身带着女儿简婕。我们都潦倒成这副模样，家人无法再管，也就任由我们生活在一起。”

“那你们没有去找之前的儿子吗？”

卢素素自责地摇头，“与简里仁重新生活在一起之后，我才发现，过去就过去了，时间可以改变所有人。简里仁变得游手好闲，嗜赌如命，这个家只能由我来一人承担。可惜我也没有什么特长，只能在港口做小商小贩。”

“简娜和简妮相继出生，我实在无力养活，这时候才开始依靠容貌去娱乐场所工作，但我从来没有出卖自己的身体。可让我惊讶的是，简里仁表面上完全不介意，其实心里翻江倒海，他没日没夜地折磨我，明显就是报复。

“我也是一个可怜的女人吧？！”

卢素素的这个问题我真的不好回答，只好给眼前这个重病在身的女人，挤出一个安慰的笑容。

现在来说这四个姐妹吧！

简冰就不用说了，那是个非常安静纯良的孩子，简娜和简妮确实顽皮任性一点，但她们本性不坏，和每家的孩子一样，在成长的过程中有缺点，不完美。

简妮的梦想是成为一名商人；简娜浑身正义，追求自由，是天生的领导者。我一直认为，在维珍港，简娜也许能成就自己的事业。

简里仁不是个有责任心的好父亲，但他和我一样，有一个最大的优点，就是尊重孩子的天性，允许她们按照自己的方式成长，即使犯了错，走了弯路，但最终还是成为自己想成为的模样。在孩子的教育上，我们一直遵守这样的原则：

以自己最喜欢的方式，生活。

以自己最欣赏的方式，工作。

与自己最喜欢的朋友，交往。

与自己最欣赏的伙伴，同行。

可是，这个家里只有简婕不肯按照和谐的步调与我们共同进退。我无数次尝试去亲近简婕，但她竖起高高的心墙，把我们阻挡在外。

简婕肯定说了我们很多坏话吧？

她长期是这样，在亲人、朋友和同学中散布关于这个家的荒谬谣言，把我们歪曲成各种怪物和神经病。

其实这个家里真正有毛病、不正常的人，是她！

15

简婕有双重人格。

说到这里，卢素素垂下睫毛，也许是遗传吧，简里仁也这样，甚至可以说是多重人格，但没她那么严重。

第一次见简婕，她只是个 4 岁大的孩子，我就发现她的眼神有一些东西，是属于成人世界的，不该在孩子眼里有的脏东西。

比如鄙夷、愤怒和欲望，让人不寒而栗。

早些年简婕喜欢偷窥我，特别是我裸露的身体，每次我洗澡，她都借故留在浴室里。她经常有意无意地触碰我的胳膊，甚至可以保持几个小时凝视着我，那眼神，说不出是喜欢还是厌恶。

我开始以为这是恋母情结，就用加倍的爱和温暖来回报她。不过，直到她8岁那年，一天夜里，我在睡梦中被惊醒，一切才改变——

那一夜，简里仁在赌场逍遥，我一个人躺在床上，似睡非睡之间，一只小手伸进我的衣服，在我的身上到处游走，我睁眼看到简婕，她正睁着大眼睛死死地盯着我。

“有的孩子喜欢抚摸母亲的身体。”我想起了唯唯和她瘦弱的小手。

“不是！”卢素素突然发出凄厉的叫声，“那不是属于孩子的抚摸，是，是属于男人的抚摸！”

听到这里，我的毛孔也立起来，浑身起了鸡皮疙瘩。

我推开了简婕，小声命令她，让她立刻回自己的房间，她照做了，但却意味深长地回头看了我一眼。

那一夜，我再没有睡着。

简婕的身体里住着一个男人！

不过这件事我没有对任何人说起，在简婕面前极力掩饰复杂的情绪，她也没有再做越轨的事情，只是我好像吞了一只苍蝇，开始躲着她。

几年之后，简妮慢慢长大，她到处说简婕是个变态，喜欢穿男人的衣服，喜欢抚摸自己的身体，喜欢自言自语，一个人傻笑或流泪。这一切都是真的。

“除了简婕杀三个妹妹，刚才的话你对警察说过吗？”我问。

“没有，实在难以启齿，警察都是男人，他们很难理解身为女人的细腻感受，我不希望他们以为我在故意挑逗他们，或者编造天方夜谭。”

“那你杀过人吗？汪明栋？”

我冷不防抛出这个问题，是想试试卢素素的反应，我本以为这是遇火就着的炸药桶，可让我没想到的是，对方却平静得好像喝了一口温水。

“汪明栋，是我前夫。”卢素素又点烟，这一次终于开始吞云吐雾，我知道她的病，是肺癌，“是我杀了他，我已经向何念警长坦白了，但是鉴于我的身体状况，法庭允许我在这里等死。”

“那简婕是怎么知道的？”

卢素素看着天花板，吐出一个椭圆形的烟圈：直到今天我也想不明白，简婕怎么会知道，而且——

她知道的还有很多很多……

16

我拨通夏敏的电话，约在牧谷医院见面。

听完简婕和卢素素的故事，夏敏眉头紧锁：“目前来看，有三种可能。”

“一是，卢素素从头到尾在误解简婕。正如你所说，简婕小时候渴求母爱，表现得极端一点。所谓‘男人的抚摸’，只是受到在孩子面前并不避讳亲密行为的父亲和继母的影响，算是一种模仿。

“还有，简婕如何知道卢素素杀人，并且还知道继母的很多隐私，应该还是因为她所拥有的超强观察力、想象力和逻辑推理能力——

“杀人不会无痕，维珍港也不算太大，简里仁和卢素素又来自一个家族，道听途说、七嘴八舌的亲戚和邻居，估计不少。

“年纪还小、没有心机的简冰，不一定会保守秘密。甚至卢素素自己，在这样的家庭里，都难保不会对生活产生抱怨，也许还会在夜里说出梦话……

“而长期藏于暗处，善于观察的简婕，逐渐拼凑这些碎片，最终会得出很多接近真相的猜想！

“二是，简婕真的患上遗传性精神分裂症，有双重人格或多重人格。其中一个人格恰好是男的，简婕把他假想为死去的卢素素的前夫——汪明栋，并经常扮演，时不时捉弄继母。而卢素素因为是杀害前夫的凶手，自然怕得要命，更加丧失理性判断。”

“至于三嘛……”夏敏欲言又止。

“三什么三，快讲！”我催问敏妹子。

“苏黎，这就是我最担心的事，我的确听说过这样的例子，有人说被唤回的灵魂，没有在 72 小时后消失……”

“是没有消失呀，它隐居在新的肉身里面，没有话语权、主导权和支配权，也就是说，新的肉身及其固有的灵魂，完全意识不到这股能量的存在。”

“我不是这个意思，我是说，72 小时之后，被唤回的灵魂依然是新肉体的主人。”

啊！我惊讶万分，那你怎么没有早点告诉我呢？而且，我们怎么没碰到过这样的例子呢？

“第一，我们对自己灵魂唤回的能力深信不疑，没有意识到方差的存在；第二，我们没有做过跟踪调查，没有去探究这种可能性；第三，我们和委托人没有过于亲密的关系，没有收到这样的反馈。”夏敏用语严谨，又来一二三。

我明白夏敏的意思，我们的确没有做过任何“售后服务”。

因为我们深信，一个外来的灵魂进驻一个崭新的肉体，而这个肉体也有一个固有的灵魂。被唤回的灵魂会逐渐虚弱，主宰这个肉体三天，接下来就会隐身在肉体深处，只能感知，不能再控制。

但谁能确保这个过程不出差错呢？

如果被唤回的灵魂继续主宰新的肉体，会是怎样的结果呢？

如果这个外来的能量足够强大，鸠占鹊巢，一直霸占着这幅肉体，那么固有的灵魂该何去何从呢？

如果两个灵魂——两股能量都势均力敌，一起控制着这幅肉体，又会给这个人造成什么样的精神困扰呢？

忽然，我想起一个人！

之前事务所大厦的一名小保安开枪杀人，但他一直坚称虽然是自己开的枪，但这样做并非是他的本意，完全是无意识。有没有可能，他就是“方差”？

“少部分人能勉强隐藏，但大部分人会被认为精神分裂，多重人格。”

夏敏和我站在新生儿护理室的外面，隔着巨大的玻璃墙，刚刚出生的婴儿在小床里甜甜地睡着。

“这样的人生不就成悲剧了吗？！我们本想装扮成救世主，拯救A，给予一次重生的机会，但却不小心伤害无辜者B，岂不是罪无可恕吗？”

“灵魂唤回是宇宙间神奇的力量，但是在这个绝望压抑的现实世界，谁知道还有什么力量存在，并且主导一切呢？”夏敏哀叹。

“那我们以后还要不要继续？”

“为了公平，重生本来就不该，这个世界已经够混乱……”

离开夏敏的医院，我的胸口还是憋闷，这一切，就是我不想告诉珍儿的部分。

她是个善良的女孩儿，不能让她活在纠结和内疚之中。

大厦的电梯里，我遇到戴着一副墨镜，打扮时尚的果儿。他背着个大书包，刚放学的模样，见了我，往电梯里面挪挪，又有点不情愿地嘀咕一声：“苏阿姨好！”

“进电梯你还戴墨镜，能看到路吗？”

小男孩叹气：“我要去找珍儿姐姐。”

“找她，你戴墨镜干吗？”

“她的男朋友，那个警察叔叔不是总戴个墨镜吗？我以为珍儿姐姐喜欢……”

看着眼前这个稚嫩可爱的孩子，我不免好笑：“人家是当警察的，有时候要办案，隐藏身份当然要戴墨镜啦！你怎么那么早熟啊，为什么去喜欢一个比自己大那么多的姐姐呢？”

“就是喜欢她……”

我摸摸他的头顶，“小果果，你应该找一个和你年纪差不多的女孩儿做女朋友，珍儿大你太多了不好，你还是要找现在最多七八岁的。”

“谁说她大那么多呀？”果儿一惊，“她今年不是只有八岁吗？”

17

“明栋，我们赶快离开这里吧，三个妹妹的事我们永不再提！”简婕哀求。

“怎么能功亏一篑，让卢素素还愉快地活着呢？”汪明栋忿忿不平。

“还能怎么办？我们已经被警察盯上，我死而无憾，但我不能让你也死！”

“我爱你，简婕。”汪明栋低声呼唤。

“我更爱你！”简婕大声回应，“我一直用生命爱你！”

“毫无保留的。”两个人异口同声，心领神会。

“我的乖女孩儿，为了我，你吃了那么多苦，被外人歧视，被姐妹误解，父亲和继母也不断伤害，甚至被认定是精神病患者！现在终于苦尽甘来，所以，请你一定要给我好好活着，知道吗？！”

“我知道……”简婕温顺地回应道。

“去杀卢素素！”汪明栋瞬间更换频道，仇恨重新涌现，“当年她害死我，这么多年我一直没有对她下手，算是仁至义尽！不过，现在她成了你在这个世界最后的威胁，我必须杀掉她！”

“这个可恨的女人，必须让她血债血偿！”

“为了你，我可以连自己的亲生女儿都杀掉！更何况简冰，她也不再是汪冰，她对我这个亲生父亲毫无感情！”

“她根本就是个无情无义的怪胎！”简婕继续说，“那天傍晚，我替你把她约出来，故意引出关于亲生父亲的话题，却发现她对你的死没有任何伤心和怜悯，她还指责你的父母把她和卢素素扫地出门！她被简里仁和卢素素蛊惑，无情无义，是非不分！”

“我就是这一刻彻底崩溃，下定决心当场杀了她。可她毕竟是我的女儿……”

“所有伤害过我们的人，都应该死！”简婕宽慰道。

“对！”

“地址你记住了吗？”简婕又问。

“当然，这对我这位大脑研究专家、大脑潜能开发专家和记忆大师而言，实在太小儿科了！”汪明栋略显得意，“苏黎这个嚣张又愚蠢的女人，肯定没想到，我们在她那里得到了卢素素的地址！”

“我们出发吧！”

就这样，简婕与身体里的另一个自己喃喃自语了半天，然后毅然离开维珍港苏黎的写字楼，一个人快步消失在暮色之中。

第六章　苏黎

1

“苏黎，赌场谋杀夏伟业的人，会不会是你呢？”

何念到事务所“探亲”，珍儿正在接待一位委托人。敲敲门走进我的办公室，何念径直坐在对面的沙发上，用半开玩笑的口吻问我。

“排除法吗？”我也漫不经心地丢了一个咖啡口味的纸杯蛋糕给他，这是珍儿新烤的，“其他人都查过啦？舒大师没有嫌疑吗？苏夜、左立，还有珍儿，统统查过了吗？”

警长一边嚼着蛋糕一边摇头。

“还没查完，那你有什么理由怀疑我？”

我抠抠自己的脖子，好痒！在椅子里调整一个最舒服的姿势，我抱起双肩，半眯着眼睛瞄着这位曾经的追求者，脸上摆出不以为然的表情。

在他面前我不需要再刻意扮演淑女，因为他见识过我魔鬼到极致的一面，如今的我，无论如何，不会比那时候更丑陋。

你曾经问我的关于苏夜的“十万个为什么”，对我来说同样适用。

我为什么要用这种方式毒杀夏伟业？

我为什么要选择这个时间毒杀夏伟业？

我为什么要在那里毒杀夏伟业？

我是怎么做到的？你说过，找不到盛毒容器。

而且最重要的是，我的动机是什么？！

……

何念一边用手指头绞玩着纸杯咖啡蛋糕的包装纸，一边放任我学他的样子发射连珠炮，直到我打下最后一个惊叹号，尖锐的声音完全消散在有良好隔音效果的墙纸和软包墙壁之后，才抬起头来：

“西格蒙特·弗洛伊德说过：任何一个感官健全的人最终都会相信没有人能守得住秘密。如果他的双唇紧闭，而他的指尖会说话，甚至他身上的每个毛孔都会背叛他。

“苏黎，我现在确信是你了！

“刚才，你已经亲口承认。”

“你疯了吧，我承认什么了？你不会用对付简婕的方法对付我吧，请君入瓮？”

我还是正经不起来，笑嘻嘻的，正这工夫珍儿走进办公室，何念板着脸朝她一挥手，珍儿知趣地退出办公室，关上了门。

“苏黎，和你相处，我一直想忘记自己的警察身份，从唯唯那时开始，我就刻意避免使用任何针对嫌疑人的审讯技巧，因为我坚信你不是杀人凶手！但是分辨一个人是不是在说谎，已经成为我自然而然的能力了。”

“哦？”我收起笑容，坐直身体，拿出愿闻其详的表情。

“你刚才的言行出卖了你。正处于防卫状态的人，是和平时完全不同的。平时的你，讲话慢条斯理，甚至让人误解你心不在焉，可是刚才，你那么亢奋，声音明显高了不止八度。你还能准确地复述我之前说的每字每句，证明你一直在意这个话题，此刻只想撒谎掩饰！”

“你说我杀人，我能不激动吗？”

何念痛心疾首：“我不喜欢现在的你！”

“唯唯去世的时候，你一心要说真话，即便真相是那么残酷，你毫不回避！可现在，你却在想方设法掩饰自己的杀人罪行！

“你以为我今天是来试探你吗？

“不！没有十足的把握，我是不会指证你的，因为，你曾是我深爱的女人……”

“那你说吧！”我恢复平时的语气，但依然略带嘲讽，“面对我这个你所谓深爱的女人，看你能说出几朵花？！”

“好吧！”何念也不再客气——

首先是动机，我必须澄清，你的目标并不是夏伟业，而是苏夜！只不过你没有想到，夏伟业会突然喝掉自己妻子面前的咖啡。

舒大师提醒夏伟业喝点提神的东西，让我曾经怀疑你们是共犯，或者他与苏夜是共犯，直到调查以后，我排除了这种可能。

舒大师这么做有两种可能：一是完全的巧合，二是他碰巧看到了有人在咖啡中下毒，想给执意用维珍之珠开赌场的夏伟业一次教训，借以证明自己的预言正确，夏伟业有血光之灾——很多江湖术士都是这样骗人的。

我推断是第二种可能。

所幸夏伟业喝得不多，才捡回一条命。

而你，痛恨苏夜，唯唯死后你一直不肯原谅她，这就是动机！

苏夜是唯唯坠楼的见证者，我们不知道你们之间究竟发生了什么。只不过她和你一样，对唯唯之死的细节绝口不提，她坚称是意外，你就坚称是谋杀，是你杀了唯唯。鉴于你当时的精神状况及你父亲的身份，你被送进精神病院，唯唯之死不了了之。

可是，你对苏夜的仇恨一直没有消散。

……

其次是时间，你为什么选择此时杀害苏夜。

苏黎，你已经知道自己病了，是晚期肝癌……如果不找机会报复，你会“遗恨终生”！这同时解释了，为什么从两年前你开始重新接纳苏夜，看似顺水推舟，顺应珍儿的有意安排，其实是你已经知道自己将不久于人世，杀人计划才提到日程上来。

然后是方式和地点，都可以用一个理由来解释，那就是赌！

从小受到家庭的熏陶，深入骨髓的赌徒心理，让你认为在赌场里，在赌桌上，在赌博的过程中，让苏夜死去，才能解你的心头之恨！

这也是你对自己的父亲、妹妹，嗜赌如命的一家人，最大的嘲讽！

最后，就是你的手法。

苏黎，我已经破解了你在苏夜面前的咖啡杯里是如何下毒的。

而藏毒的容器，就是赌场中，每一场赌戏都不能缺少的——

如今沾满了鲜血和仇恨的筹码！

2

你、苏夜、左立和夏伟业，是赌场“四人帮”，从年轻时起，你们就沉迷于21点的分组竞赛，乐此不疲，经常流连于维珍港的各大赌场，手握各种额度的筹码。

筹码，在维珍港就是钱的代名词。对于赌客来说，就是流动的黄金。

筹码之于赌博，是贪婪和罪恶的最好注解。

事实上，维珍港各家赌场的筹码虽然外观几乎相同，由政府的铸币机构统一制作，但不能通用，每家都有独特的防伪。

某一次赌戏结束之后，你怀揣这家赌场的几枚筹码，把它们带回自己的家。

氰化物太容易弄到了，我根本不想追溯你获得的过程，总之你现在有了筹码和氰化物。

在维珍港，找个能工巧匠也非常轻松。

这位工匠极擅微雕，他可以在不破坏赌场识别的防伪标识的前提下，帮你在筹码内部挖出一个小洞，注入氰化物，外面只留下一个肉眼几乎不可见的小针眼，再用蜡封住。

为了保证氰化物的总量足够，这样的筹码你做了两枚，藏在衣服口袋中。

时间回到事发当晚，你们恰好再次“光临”这家赌场，你带着藏好氰化物的筹码坐在 21 点的牌桌上，装出若无其事的模样，和其他五个人一起玩牌。

一局接一局，凌晨时分，大家都有点倦意。

这时候，你趁众人不备，把筹码取出，把针眼上的蜡远远地弹在脚下厚厚的地毯上，再把氰化物倒进左立刚递给你的咖啡杯中，然后递给苏夜。

“这里我要打断一下！”我比画了个叫停的手势，“警察先生您可能搞错了，这杯咖啡本来就是我要给自己的，苏夜一直在喝加冰的可乐，是她临时和我换的，如果她不换，那我岂不是毒死自己了吗？”

“你早就知道这杯咖啡会属于苏夜——是女人的月经期。”何念抬起头瞟了一眼办公室外正坐着发呆的珍儿，“相熟的女人，只要有心观察，基本都能正确掌握对方的生理期，而且还有一个好玩的现象，女人经常在一起，连月经周期都会慢慢变得同步，这是珍儿告诉我的，因为你和她的月经周期就是一致的……”

“事发当天，正是苏夜的生理期，你与她一起去了一趟洗手间，肯定是在那时候，你假装善意提醒，这个时候，你不要再喝冰的东西了，要爱惜自己的身体。苏夜与你和好之后，一直想对你示好，你这样关心她，她肯定会听话。”

为了销毁这两枚藏毒的筹码，你把它们和其他 8 枚筹码一起递给荷官，换回一个 1000 额度的筹码。

就这样，“盛毒的凶器”离开了凶手，等这些筹码一个小时之后回到赌场庞大的清点机构之后，就将和成千上万个筹码混在一起，过不了几天就会因为磨损而被销毁，永远地消失在你的视线里了。

后面的事情大家就都知道了——夏伟业中毒。

“故事讲得好！”我啪啪鼓起掌来，“以后我不叫你警长，干脆叫你故事大王算了。你说得如入云端，我听得如痴如醉，但是请问证据在哪里？”

“你也知道，赌场可以说是全世界监控最严密的地方，一只苍蝇飞进来都能分出公母。如果我真的在赌桌上下毒，那么赌桌上方和四周的监控摄像头一定会如实记录下来，事发之后，你们警方只要一调取监控，我不就图穷匕见，最终束手就擒了吗？”

“非也！”何念学我的复古款措辞，“你在赌！你在赌我们警方拿不到赌场的监控录像。”

“如果这样赌，那我的胜算就太小了吧？”

“不，你有把握，而且是十足的把握！”何念终于换上面对嫌疑人才有的面孔，“苏黎，你对赌场的运作了然于心，这里几乎是你的第二个家。当然，你也知道如何善用自己的身份！你选这间赌场是有道理的，因为这里早年是在苏总督，也就是你父亲的帮助下建立的，老板和你的家族有千丝万缕的联系。”

“你知道在这里发生命案之后，赌场一定会调取监控自行查看，你的这些小伎俩分分钟就昭然若揭。

“可你一点儿也不担心！

“因为你要毒害的是自己的妹妹，误伤的是自己的妹夫，这完全是你苏家姐妹之间的恩怨，你料定赌场绝对不会蹚这个浑水！

“这也算是江湖上的规矩吧，你们家族内部的矛盾还是留给你们自行解决。

“能开赌场的都是绝顶聪明之徒，肯定会选择三缄其口。

“事实上，你赌赢了，直到现在，赌场就是不肯给警方提供监控视频。

“但是，我明白，你之所以敢在监控探头下公然杀人，也是因为你的病——肝癌让你无所畏惧，也无所谓了。”

3

“没有监控视频，你就是没有证据，我可以什么都不承认。”

“但我拿到了这个。”

何念从风衣口袋里掏出放在塑胶证物袋里的两枚筹码，是 100 维珍币额度的。

事发之后，警方封锁了赌场的 21 点牌桌区域，警务人员在赌场内部取证，当时，在赌场主管和当值荷官的监督下，我们对这张赌桌上的筹码做了简单的毒物测试。

因为在赌场，筹码就等于钱，赌场的筹码是赌场的私有财产，在维珍港，私有财产高于一切，即使是警方在办案过程中，也没有权力占有私有财产。所以毒物测试之后，这些筹码按照额度被重新放回到赌桌上。

但是，当所有人都接受了警方问询，包括你，你们的随身物品也被认真检查，没有找到盛毒的容器，咖啡中也没有胶囊碎片或者胶囊融化的成分，我陷入深深的困惑之中。

这时候，我想起一个细节——因为你们正在进行 21 点竞赛，每个人都是从 5000 维珍币筹码开始，这 5000 筹码包括 3 个 1000 的筹码，两个 500 的筹码和 10 个 100 的筹码，谁也不准掏钱额外追加筹码，等某人把筹码全部输掉，竞赛就结束了。

当值荷官也证实，因为你们的牌技势均力敌，也没有哪位有特别好的运气，当晚的输赢一直呈现胶着状态，没有人使用和更换过 1000 额度以上的筹码。

所以，清晨你们离开之后，我刷了卡，把那张 21 点赌桌上面所有额度在 1000 以下的筹码，包括 1000 额度的全部兑换回来，带回警局之后逐一仔细研究，终于被我发现了你的秘密。

“如果这两枚筹码藏毒，为什么毒物测试验不出来？”

“在现场的检测条件十分有限，筹码上的小孔很小，表面又被涂过一层薄蜡，摩擦过程蜡脱落，毒物几乎没有沾染筹码本身。”

“就算这两枚筹码藏毒，你又怎么证明它们属于我呢？”

“我确实没法证明，筹码上指纹混乱，而且有你的指纹也不奇怪，因为你本人就是坐在这张赌桌上的玩家。说到底，我还是没有监控视频……”

看何念可怜兮兮的模样，我几乎笑出声：“那还是等你拿到视频再来抓我，没有视频，你说这么多，不全是废话吗？还不如省省力气，晚上好好陪我的珍儿约会呢！”

“那也是哦！”何念也笑了，“今天约好和珍儿一起去看《天鹅湖》，要不你一起去看吧？”

我笑道：“你们都是洁白善良的白天鹅，我呢，是一只邪恶丑陋的黑天鹅。我还是一个人孤独地待在地狱里吧！”

4

即使没有随从和保镖前呼后拥，这个男人走入我的视线，我的眼神便再不能移开。

他昂首挺胸，眼神透射出一贯的决绝，如同身披某种霞光。

我的父亲，前总督苏泽名走进我的事务所。在他的身后，我看到了几张熟悉的面孔，何念、苏夜、夏伟业、左立，甚至还有夏敏！

这是什么组合？来开聚会吗？

我没来由地开始颤抖，不仅是右侧肋骨，身体的每个细胞都开始沸腾，疼痛。

20 年了，这是我第一次与父亲重逢，虽然染发让他显得年轻，但是多年来扮演政客这个心力交瘁的角色，还是让疲态和衰老浮现在他的身上。

珍儿被这架势惊呆了，何念拉着她，让她站在自己的身后。就这样，我，直面父亲，无处躲藏。

“你赢了吗？这场赌博，以你妹妹为赌注的赌博？”父亲的声音。

我深陷在椅子里一言不发，恨不得这张柔软的真皮椅子的四周长出铜墙铁壁，把我严密地包裹起来，和外界完全隔绝。

“我以为你只是想活在自己的世界中，就放任你这样活着，可你却对至亲下手，成为杀人恶魔！”

父亲的手里拿着一个物件，狠狠地丢在我的桌子上，我用余光瞥了一眼，是一张光盘。

“你以为警方拿不到赌场的监控视频，你就可以逍遥法外吗？！”

父亲又走上前一步，笔直地站在我的办公桌前，距离我只有两尺远，我甚至闻到了他身上熟悉的气息。小时候，他常告诉我，这种类似覆盆子和檀香混合的味道，叫男性荷尔蒙，男人就是靠它征服世界的。

不过此刻我已经不能和他对视，荷尔蒙在逐渐衰退的父亲却没打算停止向我开火：

“高贵的总督女儿不当，你要做个吉卜赛女人，到处流浪！令人尊敬的数学家不当，你要做个装神弄鬼的巫婆，招摇撞骗！灵魂唤回？多么可笑，你都唤回哪些灵魂了？这些已经死了一回，失败者一样的灵魂唤回来又有什么用呢？！”

我看到何念身边一直低着头的左立，听到这些话有点挣扎，却被何念按住。

“我人生中最后悔的一件事，就是当年让你赢得那场赌博！”

我明白父亲指的是哪一次，那次猜数字游戏也是我人生中最重要的一场赌博，看似我赢了，可最终我却输了，输得一败涂地！

我很失望，直到今天你都在扭曲我当初让你学习博弈论的初衷，你玷污了这门神圣的科学！不能因为你做了一次愚蠢的决定，我就认为你下次会做出正确的决定，你只会一错再错，最后无可挽回！

你时刻在盘算着怎么对付我，对付这个世界上最爱你的人！

你长久以来的固执和拒不妥协，逼迫我接受你一切荒谬的决定，但我意识到这样下去，到头来受伤的人还是你，我只好采取另一个策略，就是表现得比你更加强硬！

而我也在不停地提醒你，一个短期妥协从长期来看可能是一个更好的策略，比如当初你放弃左立，或者你带着唯唯回到我的身边，而你没有，你顽固到底。

那天你根本没有猜对这个数字！

可你竟然把博弈论中的“自尊”和“非理性”这两种要素用在父亲的身上！

你就是利用了我这个做父亲的“非理性”的情感，你以爱的名义出招，我只有妥协。

当然这也是博弈的一种策略，可惜你却用错了地方。

那张纸上写的是什么数字根本都不重要，因为在第四轮结束之后，你会使出杀手锏，你和我打感情牌，而你知道，我一定会妥协，这就是身为父母，在与子女博弈时的天然劣势。

“那天纸上写的数字究竟是多少？”苏夜插话。

“我什么都没写。”

父亲透过落地窗户望着维珍港的灰色海水，不知道是说给我听，还是说给苏夜听：

“在你的面前，我从来没有使用过任何博弈策略，不管你说多少，我都会说正确，因为全世界任何一个父亲，只希望自己的孩子十全十美，平平安安……”

5

“那你赢了吗？这场赌博，以我女儿——你的外孙女为赌注的赌博？”

声音终于从我已经黏滞的喉咙里传来，经耳膜共振，再回大脑，显得极其陌生。

“我必须时刻提醒自己，你首先是狡诈的政客，其次才是慈爱的父亲。我经常会被你的外表所蒙蔽，但现在，我已经没有任何东西可以再赌！

“我真佩服你的勇气，还能提及唯唯的名字！

“现在你终于承认我是一个会对至亲下手的恶魔了吧？那当初你为什么就是不肯相信是我杀了唯唯，再把我枪毙了呢？！

“为了不让我嫁给左立，为了牢牢坐稳你总督的位置，你用我和唯唯作为要挟，逼迫他抛弃我们！左立在悲痛中远走海外，发誓和我永不相见！

“你以为在经济上给我制造各种障碍我就会回到你的怀抱，可是你固执的像我一样，我一直带着唯唯躲着你。为了达到目的，你竟然让苏夜来害死我的孩子！

“唯唯如你所愿，被我亲手杀死……

“你以为这么多年我一直在恨左立吗？

“你错了，我恨的其实是我自己，是我有你这样的父亲，才害得我们家破人亡！

“我对左立和唯唯，只有愧疚！”

“苏黎！”左立带着哭腔，想冲到我身边，却再次被何念拖住。

“我从来没有逼迫任何人做任何事，这一切都源于选择。”父亲的语气依然沉着，“你们是总督的子女，早就应该明白，我们所做的一切都要服务于维珍港的最高利益！”

“既然我们回避不了这个话题，索性就在今天说个清楚！”

“虽然我是宗主国任命的总督，但我不是几百年前入侵这里的海盗、强盗、掠夺者的代言人，我是维珍港人！抛开个人荣辱不谈，我从来没有打算伤害任何一位维珍港同胞！

“这点左立自己心知肚明！

“但是，为了管理好这块土地，我不能容忍任何人破坏社会秩序，甚至危害到民众安全。每时每刻，我做的每一项决策都是基于博弈论，与其说我是政客，不如说我是平衡论主义者。

“左立这些年轻的维珍港人要求宗主国率先放弃维珍港主权，然后才会放弃反抗，而宗主国要求先放弃反抗，然后才会放弃主权。看起来就像两个任性的孩子，可结果是，双方都不愿意率先改变自己的策略。宗主国认为自己先归还了主权，左立他们胡作非为，政局就会不稳。反之，左立认为先放弃了反抗，宗主国还可能会赖账，不归还主权。

“这就是博弈。而我与左立之间，你与左立之间，你和我之间，也面临同样的博弈。我是总督，你是我的女儿，如果嫁给我的政敌，纳什均衡会被打破，维珍港的未来会变得不可捉摸，我怎么能够将人民置于不可预知的险境呢？

“幸运的是，左立具有同样的思维高度，当我向他阐明这些观点，是他自己选择离开你和唯唯，远走异国。”

6

“左立，他说的都是真的吗？！”我用一双悲愤的眼睛，把左立从何念的身旁揪了出来。

“是真的，离开你们是我的选择，不是你父亲逼迫的。其实，除了你父亲刚才所说的政治原因之外，还有一个重要的原因——因为有一段时间，我意识到，自己对你的爱，也许并不纯粹，那是心理学上的‘罗密欧与朱丽叶效应’，甚至是‘泰坦尼克效应’。我真的怕你也被这两种效应所左右，分不清什么是真正的爱情……”

听左立这样说，我简直头痛欲裂，爱情就是爱情，还有什么真的和假的！

而且，这一切与罗密欧和朱丽叶，又与泰坦尼克号有什么关系呢？！

左立看看众人，知道大家也都在等他解释，便走上前来，站在珍儿和何念的前面——

相爱的男女，在遇到外界的阻力时，彼此的爱反而会变得更加强烈，这就是“罗密欧与朱丽叶效应”。我们相遇初期，就因为对方的身份而苦恼不已，我不能轻易地放弃自己的理想，而你则是我想要推翻的总督的女儿。

无数次我们幻想，如果你不是你，我不是我，那该有多好！

就这样“罗密欧与朱丽叶效应”显现，我们产生了错觉，把冲破这些障碍和阻隔的力量误解为是爱情的力量，反而深陷其中，不能自拔。

接下来，我逃离，你生下唯唯。

此时，你又陷入了更加可怕的魔咒，那就是“泰坦尼克效应”！

我的抛弃和背叛，让你瞬间化身为最悲惨的受害者，一边是对我和你父亲深深的怨恨，一边是对我和你父亲残存的爱，仿佛把你一下子丢进已经撞了冰山就要沉没的泰坦尼克号，你左右为难，生不如死，陷入了严重的心理危机之中。

这些心理因素决定了你的固执，你执意带着唯唯在外面独自生活，表面上是对我们的嘲讽和报复，其实是想通过自残的方式唤起我们的同情。可你又没有很好的生存能力，再加上被严重的抑郁症折磨，最终导致悲剧发生……

“够了！”何念断喝一声，“左立，今天我是以警长的身份召集大家到这里，我从来不想介入你们的家事，但听你这样说苏黎，我都不能容忍！也许你真的不配拥有她的爱！”

“我也可以算唯唯之死的亲历者，虽然这是我最不想提及的往事。

“救护车把唯唯送进急救室，再送进太平间之后，我就立刻回到事发现场，我的眼前是一位已经彻底崩溃的母亲。这个打击实在太沉重，她昏死过去，也被送进医院，我一直陪在她身边。

“你知道吗？在她丧失意识的过程中，她只呼唤一个名字：左立！

“如果不是因为深爱，怎么会不停呼唤呢？

“你以为什么效应就能让她独自撑下来28年吗？不！是对你难

以割舍的爱，她一直在等你回来！”

“这个世界上不是只有一种情感，就像电视不是只有一个频道。爱情只是人生的一部分，一个心智正常的人，完全能够在各个频道之间游刃有余地转换，爱情经营好，亲情友情也不忽视，自己还有一份事业。”苏总督竟然给左立帮腔。

“你不能因为自己万事游刃有余，就要求别人做得这么完美！在苏黎的心中，虽然电视机有成千上万个频道，可她心有所属，就只认准这一个，没有伞的孩子必须奔跑！”何念针锋相对。

“可她是政治家的女儿！政治就意味着寻找平衡，桥本来就摇摇晃晃，平衡的过程中就会有牺牲，站不稳就会从桥上掉下来，有本事任性就要有本事坚强！”

7

“你们都说得冠冕堂皇，可是我问你们，唯唯做错了什么，她为什么要成为政治的牺牲品呢？”我带着哭腔打断眼前这一众人等。

“没有人应该成为牺牲品，唯唯之死是个意外。”苏夜慢慢靠近我，“姐姐，我是你的亲妹妹呀！你竟然设计这样的圈套来杀我，而且这杀机，隐藏了这么多年！”

“妹妹？”我冷笑，“杀了我的女儿，你还配叫我的妹妹？！”

说话间，我猛地掏出先前藏在抽屉里但早已握住多时的手枪，直指苏夜！

“痛快呀！今天杀你，虽然晚了20年，但我还是痛快！我一切都记得呢，苏夜你应该也不会忘记吧？因为唯唯死的现场，只有你和我！”

看我拔出手枪，众人都急了。

“求您，苏老师不要做傻事！”珍儿想扑上来，被何念搂住，左立也要冲过来，被我父亲扯住。父亲和苏夜站成一排，严严实实地挡在其他人的前面。

“你们都不准过去，让她朝我开枪吧！”父亲高高地仰起脖子，我知道，这不是他第一次面对枪口，但却第一次以这种姿态面对女儿。

“就这样开枪太无趣了吧？！是时候好好再赌一场，大家不是都喜欢赌吗？用‘俄罗斯轮盘’，我们看看老天究竟让谁活在世界上！”

“苏黎，不要！”左立在吼叫。

此刻，我的内心逐渐平静，缓缓掏出抽屉里的另一把枪，晃了晃。你们看，我早就准备好了，这里面只有1颗子弹，6选1，苏夜和我，总要分出一个死活来！

“我可以和你赌，放过苏夜！”是父亲。

我摇头：“不行！今天是为了唯唯，这是我和苏夜的恩怨！”

“那可以商量一下吗？”父亲伸出手来，“这把手枪有6次机会，苏夜和你各一次，第3次给我，然后就结束，不管我死没死，你们不能再比下去了！请看在你们母亲的分上答应！”

母亲！我的眼泪又流了下来，母亲，早已经从我字典里消失的母亲，那个会做樱桃果酱的母亲，早早就离开了我们……

“好吧！”

我吞下眼泪：“3次机会，我们每人1次，苏夜先来。”

我把用作“俄罗斯轮盘赌”的这把手枪丢给苏夜，另一把的枪口依然对着大家，苏夜捡了起来，没有犹豫，对准自己的头部。夏伟业捂住眼睛，身子却直往后缩。

“我死之前，可以说几句吗？”苏夜看着我，“姐姐，你能醒醒吗？！”

“当年我说过的话，今天我可以再说一遍，听完你还想杀我，我也不会反抗！

“一念放下，万般自在。

“你为什么要固执地做一个上不孝父母，下愧对子女，中间对不起爱人、亲人的人呢？

“你对父母尽过一天孝道吗？你只知道索取，不知道回报！好像你是女皇，可以任性胡来！你爱一个男人，可以不顾及后果，只想自己占有幸福。你的精神状况已经不适合做母亲，父亲要接你回家，你又坚决反对，带着唯唯在外面吃苦受罪。

“这么多年，你偏执地按照自己的选择生活，你想过别人的感受吗？

“从小到大你就不喜欢我，可是我却那么爱你，为了取悦你，想方设法走进你的内心，一直假装你的笔友周媛。其实这世界上根本没有周媛，周媛就是苏夜！

“你一会儿说是自己杀了唯唯，一会儿说是我害死唯唯。多说无益，我只想问你，你真的记得那天的经过吗？

“那天我去找你，心想无论如何也要带你们回家！

“等我到了你们住的房子，只看到窄小的房子里乱七八糟，唯唯的小脸蛋和衣服脏兮兮的，就像个流浪儿，你却只知道无病呻吟地躺着，让一个八岁的女孩儿给你做饭！

“我的确骂了你，把你从床上拖起来，逼着你收拾东西马上带唯唯回总督府，可你说什么？

“你说你就要破罐子破摔，报复左立！

“我气急了，把你硬塞进洗手间，让你洗脸刷牙，可是你却歇斯底里起来。

“当时我也在气头上，你在尖叫，我也在尖叫，我索性从外面锁住洗手间的门，让你冷静一下。

“后来我才知道我犯了一个严重的错误，为此后悔终生！”

你杀猪一样干号着，我就任由你又摔又砸，在洗手间里翻江倒海，直到唯唯哭着求我放你出来，说你有幽闭空间恐惧症，我立刻打开了门。

这时候你已经变成魔鬼，你到处找刀子要杀我。我在屋里被你追得团团转，既不想伤到你，可也不想被你伤到。小小的唯唯挡在我们中间，一直苦苦哀求你。

可你已经完全失去了理智！

你把我们逼到露台，那里是十楼，你拿刀抵着我的脖子，我紧紧搂着唯唯，我这时候必须要保护唯唯，她是我的外甥女呀！这时我说了一句话，我真后悔这样说，我说："我敢和你打赌，你不敢杀我！"

这句话刺激了你，你狰狞地说："赌，这个时候你还想赌？！"你手腕用力，我感觉脖子上一阵剧痛。

说到这里，苏夜忽然哽咽——

唯唯挣脱我的手臂，迈了一步走到我们的旁边，我现在还记得她的眼神，唯唯看着我们俩，说了一句：

"妈妈，不要杀小姨，这个世界上多余的人是我，我死了，你就和小姨回家去。"

我马上伸出手去抓唯唯，可是，她身体灵活，扶着阳台一跳，我只抓住她的裙子……

"不要说了！"巨大的悲痛袭上我心，往事历历在目。

突然，珍儿爆发了一声尖叫，接着"哇"地哭了起来，她扑在苏夜身上："小姨，我就是唯唯呀！"

珍儿满眼泪水，凄惨地扭头看着我："妈妈，小姨没有说谎，当时的情景我记得清清楚楚，我就是这样跳下去的，但我不怪您，您更不要怪小姨！"

"唯唯，你是唯唯！"

我只觉天旋地转，我日夜思念的女儿竟然是珍儿！竟然就在我的身边。

“苏黎，她真是唯唯，我们为什么一直没有唤回她，因为她已经被唤回了！”

夏敏焦急地看着我，左立也赶忙上前一步：“是真的，唯唯是我找人唤回的！我一直知道珍儿的身份，才安排她在你的身边，希望有一天让你们相认！”

8

这样的大悲大喜，超出了我的生理和心理极限，我依然迷失，我知道自己的心因为欣喜在颤抖，但是手却把手枪握得更紧——

就算珍儿是唯唯，你也难逃一死！

如果不是你把我锁在洗手间里，唯唯也不会吃了这么多年的苦，我也不会思念她这么多年！

赌局既然开始，轮盘开始旋转，就必须赌出个输赢！

苏夜长叹一声：“看来我今天非死不可，那就结束吧！”说完猛地扣动扳机！

在众人的尖叫声中，好像经过几个世纪那么漫长，我的双眼重新对焦，看到苏夜站在我的面前，这是一枚空弹。

汗水把她的刘海全部打湿了，她也在剧烈地颤抖。

“很好！”我一把抢过她手中的手枪，指着自己，面向众人，“现在到我了，到我了！”

“不要啊，妈妈！”珍儿在尖叫，何念紧紧护着她，防止她瘫在地上。

“放下手枪，求你了！”左立也疯了。

我怀着无限爱意凝视他们两个，这是失而复得的美好，我魂牵梦萦的圆满。唯唯的灵魂被唤回，她获得重生，可是，这一切来得太晚，我已经没有勇气再去拥有幸福……

归根到底，这是一个残酷的世界。深吸一口气，我坚定地扣动了扳机。

冲力让我产生眩晕，但我立刻睁开眼睛，又是一颗空弹。我听到众人发出声声惊呼，大家都吓坏了。

“你既然执意要赌，那就让我一起来赌吧！是我教你们赌的，你们的固执也遗传于我，这样的游戏怎么能少得了我呢！”

我还没醒过神来，父亲一个箭步冲过来，抢走我手中的枪，对准自己的额头。

“不过，你必须答应我，这就是最后一枪，不管结果怎么样，你们都要好好活下去，为了你们的母亲！”眼泪从苍老的眼睛流出来，父亲吸了一下鼻子，我看到他鼓足勇气，扣下扳机。

“爸爸！”苏夜冲了过来，她扑向父亲。

眼前一黑，我什么也不知道了。

9

“妈妈，妈妈！”

远远的，带着水草的清凉，在河流的那一端，有个甜美的声音在呼唤，睁开眼睛，看到珍儿正伏在我的身上，满脸泪水。

“您醒啦！”珍儿破涕为笑，我看到周围有父亲，左立，何念，很多很多人……

医生检查一番，见我紧握珍儿的手，便请其他人出去，病房里只留下我们两个。

“唯唯！”我伸出手抚摸珍儿——唯唯光滑的脸颊，一串串眼泪止也止不住。

“苏老师！”珍儿亲昵地靠着我，一边帮我擦眼泪一边问，“唯唯又来了吗？”

“你不是唯唯吗？”我的心咯噔一下子。

说来话长，珍儿把我凌乱的头发拢好——

其实呀，从小到大我都能感觉到，自己有一个影子存在，即使一个人也不寂寞。这个影子有时候模糊，有时候又真切，总是在暗示我有另外一个名字——唯唯。

是这个名字，唯一的唯，我确定是这个字。

珍儿的眼睛闪着纯真的光泽，我的“影子”叫唯唯，她曾经一笔一画地写给我看了。我问过唯唯从哪里来，她只是摇头，我问过唯唯要去哪儿，她还是摇头。在我 8 岁的时候，她告诉我，她也是 8 岁，所以她不能再继续陪我了……

以后我只能是珍儿了。

她住在我的脑袋里，在我的耳边和我小声说话，我闭上眼睛的时候她才会出现。唯唯说我们只是恰好住在一起，这是我们的缘分。

唯唯离开的时候我发了一场高烧，然后她就再也没有出现。

“唯唯还说了什么吗？”我用颤抖的声音问珍儿。

“唯唯说，她是有妈妈的，妈妈的名字叫苏黎，在她小的时候，她教过如何写自己的名字，苏黎……”

心痛把我彻底击倒，珍儿搂住我，温柔地望着我——

唯唯经常会说童年的趣事给我，她是个非常可爱的女孩子，唯唯很爱笑，但是她一点也不吵闹。唯唯说她很想妈妈，可惜见不到她了。

这么多年我一直记得苏黎这个名字，后来我姑姑夏敏告诉我，唯唯的爸爸要和我相认，就是左立叔叔。

因为唯唯很少提到爸爸，我对他完全没有印象，但是却感觉他很亲切。

等我被安排到您身边工作，第一秒我就意识到，您就是唯唯的妈妈，在 20 年前失去了自己的女儿，当时女儿才 8 岁，是一场意外，对吗？

我舔舔流进嘴里的泪水，笑着望着珍儿："是的，我是唯唯的妈妈，不过唯唯没走，她还在你的身体里，她又出现了。"

10

是的！

珍儿继续说，开始我也以为唯唯走了，但是在我看到何念警长的一瞬间，一段回忆竟然涌现出来——

我躺在一个男人的怀里，他拼命地跑着，我仰头看着他的脸，他在焦急地喊叫着，可是我什么都听不见……

他一直抱着我，直到把我放下，我躺在一辆车里，有人在我的胸口电击，有人翻开我的眼皮，有人给我做人工呼吸，但是透过人群，我的眼睛一直望着他，他也看着我，我很想对他笑笑，但是我不确定自己笑出来了没有，我们就这样看着对方，直到我什么都看不见了。

何念告诉我，当时他一直紧紧握着唯唯的手，与她目光对视，直到她的瞳孔放大……

所以在人群中，我们重逢的一刻，忽然就认出了彼此。

后来我才知道，这是唯唯的回忆，她应该还没走，只是不和我说话了，我于是又开始呼唤她，叫她出来和我玩，和我聊天，我每天喊她成千上万遍，可她就是不出现。

直到有一次我得了重病，那天梦里，唯唯又出现了，她鼓励我要战胜病魔，然后告诉我，她会一直陪着我，不过剩下的人生她不想打扰我，让我按照自己的方式去生活。

我不能再听下去，号啕大哭，胸口好像被人撕裂，扯开了再合上，再扯开。

我从来都没有忘记当年的事情，一分钟都没有，我只是在假装，或者说是逃避。

换我长叹一口气，唯唯的名字是我起的，唯唯代表了她在我心目中的重要位置，也代表了她是我此生唯一的孩子，生她的时候我只有20岁，手术中出了意外，我摘除了子宫，不能再生育。

独一无二，也代表了我对她爸爸的爱，一生只有一次，一次便永恒。

“唯唯并未离开，而且珍儿还在，以后我们会双倍爱您！”珍儿搂着我，“不管我是谁，这辈子您都不会再孤单，我会永远陪在您身边！”

如果有一天，我喊您的名字，请您跟我走……

珍儿在我耳边悠悠地说，说完她自己也笑了：“没想到真的有这一天，我来唤回你，苏黎，我是夏敏。你的肝癌已经很严重了，估计剩下的时间不多了。”

“我可以选择不被你唤回吗？能找到唯唯，我已经心满意足，此生无憾，没必要再活一次。”我牵着珍儿的手，盯着此刻夏敏的眼睛。

“不行！你说过，有的时候，我们根本无法选择……”

11

夏伟业痊愈后没找我丝毫麻烦，赌场下毒事件不予追究。不过他和苏夜正式分居，正在友好协商财产分割和子女归属。夏总与舒大师也分道扬镳，与洛丽塔同进同出，不再避讳。而苏夜和舒大师的关系也听说好事将近。

维珍之珠所属地皮改建赌场的项目，最终被国民会议否定，听说这里准备建设全球最大的海上儿童乐园。

甚好！

我还是住在事务所里，因为习惯了，虽然我知道左立在重新装修房子，为了我和珍儿搬回去的时候能感觉舒适，但我还没有给他一个肯定的答复。

只有珍儿和以前一样，虽然我们没接新的委托，但还是每天小鸟一样在我眼前扑腾，有时候带着自己的父母，她的母亲对我更加亲热，就像真正的姐妹，有时候牵着何念，我们之间也没有什么嫌隙，只是保持了淡淡的客套。

苏夜好像什么都没发生过，差不多每天都到事务所来看我，她的一双儿女也和我熟悉了，光着小脚丫在地毯上跑来跑去，完全不顾我的洁癖。

我第一次感觉到，被亲情和爱填满，是这样的快乐。

在珍儿和苏夜的强烈要求下，我和左立第一次回家陪父亲吃饭。一切发生得那么自然而然，就好像我从来没有离开这个家一样，我的其他兄弟亲人也围拢在我身边，父亲坐在专属于自己的椅子上，含着微笑望着我们。

虽然明知手术价值不大，也答应了夏敏的“唤回”，我还是听从众人建议系统地接受肝癌治疗。

舒大师命人送来裱好的字，打开一看，正是——“傻福”二字。

傻人有傻福，原来我一直傻里傻气，身在福中不知福。

我终于在有生之年参加了珍儿，也是唯唯的婚礼。

珍儿本来不打算这么急着出嫁，但为了我，为了让我这个身患重病的母亲，有机会看到女儿身披婚纱，珍儿与何念把婚期提前了。

这是一场完美又唯美的婚礼，太多的美妙根本无法用语言来形容。

珍儿的“忘年交”王果也应邀出席，不是当晚的花童，而是一名小小的伴郎。看着扎着领结，穿着笔挺西装的果儿，我忽然明白了这个酷酷的小孩儿为什么那么喜欢珍儿，原来他喜欢的是我的唯唯。

珍儿美丽得如同百合，仪式结束后，她把手捧花送给了我。

手捧鲜花，我把鼻子深深地埋进金黄的蕊里，边嗅边笑，但是没人的地方，我却哭得稀里哗啦——

我不指望别人明白我的感受，我深爱的女儿，即使只以灵魂的形式寄居在别人的身体，但她再次来到了这个世界，这就足以抚慰我剩下的屈指可数的日子。

哀莫大于心死，在我已经绝望的人生尽头，我看到了一丝花火，心也就被重新点燃。

何念警长，我的女婿，从左立身边牵起了我翩翩共舞。

我闻到他身上也有百合花般香气，平和的眼神就如婴儿，手心温暖柔软，我为珍儿高兴，她找到了一个最好的归宿！

跳着跳着，左立又接过我的手臂，我们转到了梧桐树后，坐在一条长凳上。

“那天，罗密欧与朱丽叶和泰坦尼克效应那席话，我向你道歉。”

“何必呢，也许你说的完全正确。”

“不！”左立蹲了下来，搂住我的双腿，抬眼凝视着我，“其实这么多年来，我也一直深爱着你，我独身这么多年，期待你的原谅，我相信也不是因为任何效应！”

“唯唯和我们团圆了，漂流瓶也找到了，我们能够重新开始吗？”

12

暹罗，正值12月凉季的到来。

从维珍港飞来的泰航航班大胆启用了“蒂芬妮小姐”，平添了浓艳和妖娆。

身为女人我也喜欢赏心悦目的事物，我喜欢看那些精致的面孔，婀娜的身姿，紧致的臀部，看她们如乳燕在空中编织，连她们走过的过道都变得可爱和柔软。

我知道自己也是随季风而来，为了追逐空气中这略带潮湿的兰花清甜，等我拖了简单的行李走出机舱，熟悉的暹罗就这样展现在眼前。

此行我只有一个目的，将恩赐给我的能力——灵魂唤回能力，还给赐予我的人。因为我曾经发誓，只要唤回女儿，我就不再使用这种能力。

接我的是国语名为陈赞的年轻人，20 岁出头，我喜欢他笑起来眯缝的眼睛和一颗小虎牙。和绝大多数暹罗人一样，瘦瘦的陈赞脖子上却挂着一尊硕大的佛像，熨帖地安放在胸口，这是父母对他宠爱的象征。

一看到我走出海关，陈赞立刻低下头合掌问好："sa wat di krab。"

我也回礼："sa wat di krab。"

陈赞麻利地接过行李，同行的另一个小伙子已经把车子开出来了，很快驶离了素万那普机场章鱼手臂般延伸出的匝道，朝 30 公里外的市区而来。陈赞坐在副驾驶座位上，不时指点着两旁的建筑，给我介绍暹罗的新变化。

陈赞的维珍话很流利，带一点好听的泰语尾音。我一边听他介绍，目光一边流连暮霭中依稀的尖顶，那是佛塔。

陈赞并不知道，我的曾祖父当年坐船离开维珍港，随做皮革、丝绸生意的同乡来到了暹罗北部的清迈，最终辗转定居于中央平原。

茂密、青葱、平坦的中央盆地是地球上最富饶的地区之一，农民辛苦劳作，每年产三季水稻。在湄南河的滋润下，与南部崎岖的 Thanen Thong Dan 山和东部的 Dong Praya Yen 山脉组成了巨大的湄南盆地三角洲。

在这个聚居了暹罗全国人口 30% 的地方，远道而来的祖先和同乡逐渐开始遵从这里独特的生活方式：房屋建在桩柱上，交通依赖于宽广的运河网上的水上交通工具，大米和沙石用驳船沿河往下运送到首都。

在父亲出生之前，我们家族已经是稳定安逸地扎根左暹罗，经营金店。我的祖父却执意研究暹罗古建筑，常年游走在邦芭茵、甘蓬碧、班清和难府，并在那里结识我的祖母。我的祖母也是维珍港人的后代，一位钢琴家。

祖父常说，暹罗建筑独具佛教魅力，却从佛教的束缚中解放出来，融汇东西方文化精髓，将新古典主义风格、新巴洛克风格与传统泰式元素相结合，形成独特的一种复合式风格。

那具有纯粹线条和庄重感的现代建筑从帕尧的思空康寺的正殿、巴吞他尼府的普拉丹玛卡雅拉寺、清迈的玉佛寺正殿一路绵延开来，珍珠般散落在暹罗田园诗般的土地上。

信奉浪漫主义的祖父母却生出了一位政治家——我的父亲，在海外接受高等教育之后，他回到维珍港成为一名出色的律师，并最终成为总督。

13

我翻开手上的书，慢慢地抚摸着下面的文字：

几周来，雨季的风犹如即将到来的暴风雨，一直在低诉着她的来临，直到她的名字好像风声与雷声一样持续地在我们的梦中再现。有人欢迎即将来临的雨水，而另一些人则害怕洪水肆虐。

她还是来了，就像秋天的雨，一旦来到我们中间，就无法阻止她……

请理解，当时我还是个孩子。

十二岁，我父亲在他父亲让他掌握我们国家的军队、马队、象队、穿着金色与深红色制服的弓手和步兵队伍时，就是这个年纪。但我不是我父亲，在那些令人激动的日子里，无论我以何种面貌来处理世事，暗中我仍觉得自己是个孩子，尽管是国王的儿子。因此。同我们的老师一样，我没有觉察到她在来到我们宫中神圣的飞地之前，在她答复了我父亲的信件后的几个月中所持有的猜疑心情。

过了许多年之后。我才开始懂得她当时有多勇敢。她当时感到有多孤独。

这是《安娜与国王》里的文字，我继续读下去：

国王朝着路易斯举起了一个手指。“白象是暹罗最稀有和最受尊敬的动物。”他转身对他女儿说，“也许在去稻米节的路上，我们大家会看到一只白象的。”

“稻米节？”安娜说。

路易斯突然大叫一声，朝前冲去，差一点就从船舷上掉了下去。“妈！瞧！”

安娜站起身来，用手遮着眼睛，觉得周围的世界似乎都在倾斜。在他们面前，河道变窄了，在开满白色花朵低垂的树木下蜿蜒。一个宽大的船坞伸入水中，船坞上撒满了白色和粉色的花瓣，在船坞的尽头站着蒙西和毕比，他们正在高兴地挥手。在他们身后，一幢漂亮的二层楼房隐藏在杜鹃花丛中，这是一座暹罗式的楼房，但是用浅玫瑰红色的砖头砌成的。仆人们在门里门外忙着，已经在解开装满了安娜物件的篮子。

“陛下，”安娜噙着眼泪说，“我想，您终于弄得我无话可说了。”

“我相信你会找到充足的空间来承袭英国传统的。”蒙库特国王说，“甚至有地方来种植玫瑰。”

他微笑着，这一次他的脸上没有丝毫的傲慢，只有与安娜一样的衷心……

这是回到暹罗的第一个早上，我沉浸在希阿姆王国的旧日时光，梦游在安娜与国王的世界中。

在这个梦里，现代的符号消失了，绛紫色的河水缓缓流过古老的王国，闪着19世纪暹罗王朝的荣光。旧式圆顶驳船悠闲地逆水行驶，运着大米。装满着水果、鲜花和蔬菜的小船慢慢地漂浮着。一列低矮的庙宇与优美的高脚房屋在河岸上连成一排。

崇尚水的民族沿河而居，季风到来之前，英国士兵的遗孀安娜带着儿子路易斯乘着船从新加坡来到暹罗。也许没人知道，这位国王儿子的英国教师将成为暹罗历史上最著名的女性之一，与伟大的蒙库特国王谱写出一段缠绵心痛的爱情悲歌。

不知道过了多久，我放下手中的书，拉开酒店房间的窗帘，金色的阳光洒进窗内，我才从梦境中惊醒。

我打算将神力还给赐予我的地方。

花的清香和熏香的香味渗入墙壁的肌理，绕过一队旅行团，我穿过灌木装饰的外层院子，经过雕饰和钱币博物馆，又经过精美绝伦的山形门道和角形亭阁，沿着东面主入口排放的8座高棉高塔，漫步在游人如织的玉佛寺。

暹罗节基皇朝第一世于1782年登基后，认为郑皇当年在湄南河西岸吞武里地区建造的皇宫并不理想，就决定将国都迁至湄南河东岸，并按照大城皇宫蓝图建造新皇宫。

大皇宫，包括一所建在皇宫里作为国王举行宗教仪式的佛寺——

玉佛寺，也于同年开始建造。而玉佛寺作为暹罗佛教最神圣的地方，其金碧辉煌的建筑令人叹为观止。

寺庙将虔诚的尊崇与纯粹的幻想结合于一身，以泰式建筑的主要风格为特点：金箔尖顶佛塔，气势非凡的圆顶高塔，优雅的蒙多普，多层屋顶的雅致精舍。所有这些因其丰富的典型性装饰元素而变得更加绚丽夺目。

我穿着落地的素色长裙，紧紧包裹身体，在这里，裸露是对神明的亵渎。

游走在如织的游客之中，试图追随安娜与国王的脚步，我发现自己已经恍惚间进入另一种意境。

我的眼前又浮现出这样的情景：僧侣们站立在青色的河水岸边，等待暹罗国王赠送的礼物，国王和安娜坐在龙位上，他们的大船经过水上市场，一只只漂浮的小船让出河水中间的道路，随着有些浑浊的水波慢悠悠地荡着……

我正想得入神，一位老年人拦住我，她和我一样，艳丽的长裙裹住身体，不可思议的大耳环叮当作响，数不清的细项链和装饰物缠绕在一起，挂在她喉结突出的脖子上。她伸出布满青筋的手臂，用涂了亮闪闪的指甲油的手指，笑吟吟地指引我看向前方。

闪光灯一闪，我闭上眼睛。

左立已经出现在我眼前，手拿相机，拍下了我的回眸瞬间。

14

风放肆地从海的另一边吹来，快艇上的风和额头的发丝纠缠着。

天空开满一朵朵拖伞，拉着长长的线，就像海洋伸出的丝丝触手，在风里轻轻摇荡。不知名的岛屿点缀在蔚蓝色的海里，袅袅烟雾从树林里升腾起来。

“这是惊喜还是惊吓？”放下刀叉，我用餐巾擦擦嘴，问对面的左立。

“你喜欢哪种？”左立也放下餐具，他已换上晚礼服，我们坐在能看到海景的酒店餐厅。

“我用表情回答你。”话音落下，我咧开嘴，露出笑容。

左立用欣赏猫咪的眼神望着我，伸出双手环绕我的手：“苏黎，在这里求婚算不算老套？”边说着，他已单膝跪下，从手心变出一个戒指来。

“30 年了，我欠你一个今天，现在还来得及吗？”

万千滋味在我心底涌动，变成此刻不能言语，我看到他的头顶已稀松，两鬓白发斑斑。

我拉起面前这个男人，看着他：“我还是用表情回答你吧！”说完我笑着点点头……

在掌声和祝福声中，左立牵着我走出餐厅，回到房间。

我们还是分别睡在自己的床上，关了灯，海岸反射出的月光映射在窗帘上，我扯开窗帘，邀请海风和月光一并从露台进入房间。

左立也起身，环着我的腰，和我一起眺望海面——

“今天，是唯唯希望看到的……”左立在我耳边喃喃自语。

唯唯，我的心紧了一下，但我没有再推开左立，他呼出的温暖气息，从睡衣的领口沿我的皮肤慢慢消散。

“当年，的确是我杀了唯唯吧？”

“珍儿和苏夜不是已经说明白了吗，唯唯是自己跳下去的。”

“不是，”我摇头，“谢谢你们在我身边编织的一系列谎言，无非是让我相信，唯唯是自杀。”

“唯唯的确是自杀。”

“不是。”

“我们都说开了，大家都释怀了，你还是不信，说到底是你的灵魂还在迷失。”

“那我们就来场灵魂的对话，好吗？”我回身站定，直视左立的双眼——

我们都不要继续自欺欺人了，当年的确是我把唯唯从楼上扔下去，活活把她摔死，是我杀了我们的孩子，犯下了上天都不能饶恕的罪孽！

那段日子我真的坚持不下去了，我一个人带着唯唯，她是个可爱的孩子，非常懂事，她经常亲手给我烤咖啡纸杯蛋糕，但我得了严重的抑郁症，总想自杀，甚至想了几十种自杀的方法，家里的东西已经被我打包，我开始整理自己的后事，只剩唯唯让我放不下。

唯唯的照片被记者曝光，我们的住所也被挖出来，有个男人知道我是单身母亲，总是来骚扰，他守在我家门外，夜里就用小刀划着大门，发出尖锐又恐怖的声音……

苏夜赶来劝我回家，她把我关进洗手间，让我彻底失去理智，我把她们逼到露台上，唯唯哀求我放开小阿姨，我看着她痛苦的模样，彻底崩溃——

我后悔把唯唯带到这个世界上受苦，更不能想象今后还有多少苦在等待她。我把唯唯从露台丢下去，自己就准备马上跳，可苏夜却扯住了我。

我恨苏夜，并不是因为她把我关进洗手间，害我的幽闭空间恐惧症发作，而是因为她当时不让我和唯唯一起死！

那一天的“俄罗斯轮盘赌”，枪里根本没有子弹！

21 点游戏中，我想杀的人也不是苏夜，更不是夏伟业，而是我自己！

我只是想在你们的面前自杀，让你们一辈子都不得安宁！

左立站在我身边，一言不发，好像死了过去。

沉默了仿佛几个世纪，我笑着问他："现在，你还想和我结婚吗？"

"我承认我不是圣人，我不能接受你对唯唯所做的一切，但是我又怎么是一个称职的父亲呢？

"我没有资格怪你，苏黎……"

15

夏敏在秘书引导下，来到一处僻静公馆的庭院深处，一位老者已经在等她。鞠躬之后端坐在沙发里，面前是浓郁的暹罗红茶。

"你父母可好？"老者和颜悦色。

"一切都好。"

老者满意："谢谢你，小夏，从暹罗的佛寺开始，这么多年你在苏黎身边悉心照顾，终于画上了圆满的句号。"

夏敏赶忙回答："这一次多亏珍儿！"

前总督苏泽名点头："是的，辛苦你的侄女，你们这场戏演得精彩，帮苏黎打开心结。本来她已经生无可恋，现在终于肯接受肝癌治疗。"

"听说你们还专门写了剧本？"

"是的，苏黎冰雪聪明，为了不让她起疑，我们请获过国际大奖的编剧亲自创作，反复打磨剧本，最好的导演在幕后指导，所有演员都是照着台本演出。特别是珍儿，台词很多，还有细腻的情感把握，更需要随机应变的现场发挥，为此她付出很多努力。"

苏泽名表示赞赏："珍儿的表演的确无可挑剔。"

“事务所还继续做下去吗？那还需要不断寻找大量的新演员。”

苏泽名毫不犹豫：“必须做下去，不惜一切代价，只要苏黎愿意，就陪她疯到底吧！其实除了肝癌，苏黎的精神分裂症更需要借机加紧治疗，这么多年来，她沉浸在自己的妄想和幻想世界，不能自拔！但是今后你们找演员时，一定要慎之又慎，前一阵就让一个危险的女人混进来，差点对苏黎不利！听说她也是有多重人格的精神分裂症患者，还是恐怖的连环杀人凶手，最后在继续杀人时负隅顽抗，被警方当场击毙！”

“很抱歉。”夏敏垂头，“这个女人是自己找来的，珍儿已经多次拒绝她，是苏黎执意要接她的委托，这是意外的插曲，可能因为都患有精神疾病，她们才会产生‘共鸣’，彼此都入了戏。”

“总之，以后小心一点吧！”

“还有一件事……”夏敏语气突然转变，带着一丝下定决心的坚决，“很久之前，我就打算和您好好聊聊苏黎的特殊能力。”

“这个话题没有继续的必要。”

“苏总督，您的女儿的确有某种神秘力量，叫特异功能也可以。这种力量，是超强的观察力、记忆力、逻辑推理能力、想象力等综合运用的结果。苏黎通过他人的描述，能够完整地想象出对方经历的场景，并捕捉到其中一切可能存在的细节，并加以运用。”

“这点我认同，这种能力她从小就有，所以她差一点成为优秀的数学家。”

“我就是秉承专业精神，才默默观察研究苏黎——把她作为特殊样本。我发现苏黎的脑电波比常人强出上万倍，大脑活动的深度和广度，大脑潜能的开发程度远胜我们。特别是经历了重大打击之后，她的大脑能力被进一步激活，她真的就是我们所说的，存在于现实世界的‘超强大脑’。谁都不知道这样的“超强大脑”有多少超级能力，在宇宙的伟大面前，我们无知又渺小。”

“夏小姐，请回吧，看来我也需要给您请一群演员了。”苏总督起身，脸上挂着不耐烦的神态。

“恕我冒昧，苏黎固执的性格，确实是您的遗传！”夏敏拾起桌上的茶杯。

也许，这才是一切悲剧的缘由吧！

这句话已经到嘴边，夏敏望着对面长者的白发，逼着自己硬生生咽下。

夏敏知道自己深陷这场亲情旋涡，还得继续表演下去。